大鱼

有爱的青春陪伴者

种菜得刀

——著

两个人的友谊太拥挤

天津出版传媒集团

天津人民出版社

图书在版编目（CIP）数据

两个人的友谊太拥挤 / 种菜得刀著. -- 天津：天
津人民出版社，2024. 12. -- ISBN 978-7-201-20871-8

Ⅰ. I247.5

中国国家版本馆 CIP 数据核字第 2024NA8206 号

两个人的友谊太拥挤
LIANGGEREN DE YOUYI TAI YONGJI

种菜得刀　著

出　　版　天津人民出版社
出 版 人　刘锦泉
地　　址　天津市和平区西康路35号康岳大厦
邮政编码　300051
邮购电话　（022）23332451
电子信箱　reader@tjrmcbs.com

责任编辑　玮丽斯
特约编辑　周　贝
装帧设计　颜小曼　唐卉婷
责任校对　言　一

制版印刷　长沙鸿发印务实业有限公司
经　　销　新华书店
开　　本　880毫米×1230毫米 1/32
印　　张　8.5
字　　数　174千字
版次印次　2024年12月第1版 2024年12月第1次印刷
定　　价　39.80元

目 录

目 录 ——————

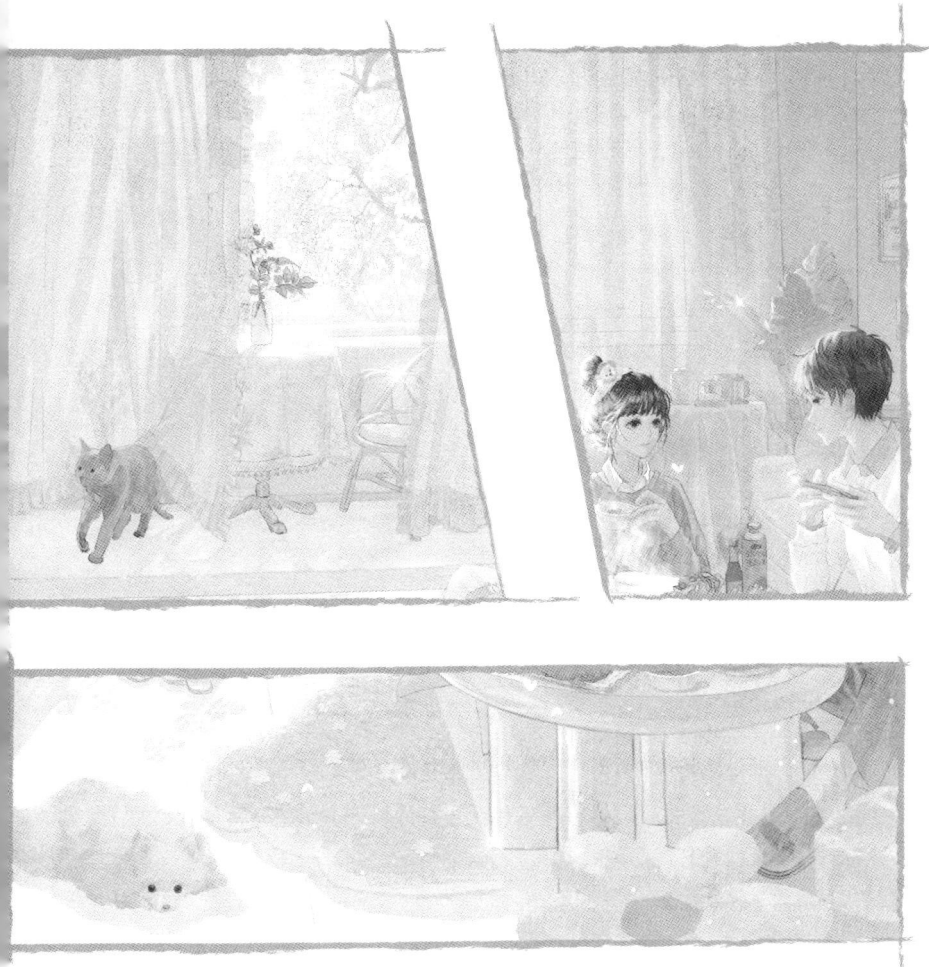

·第～章·
最佳损友

涂狗狗，全世界最好的狗。

两个人的
友谊太拥挤

（1）

今天是许烁这周第三次来这个秘密基地。

临湖复式公寓，客厅采用无主灯的设计，留了两盏侧光，桌上的火锅热气腾腾，烘在许烁侧脸上。锅底是红油锅，手边放着芝麻酱碟，许烁吃得嘴巴锃亮，像上了层唇蜜。

投影屏里播放着小品《少爷和我》。

许烁被辣牵走了一半的魂，耳朵里突然冒出管家那句台词——"你敢让刘波的刘海儿留疤"，游离的笑点一下被激起，她差点呛个半死。

涂晨北窝在沙发和茶几间的地毯上，横抱着手机操作。听许烁猛咳不止，他好心将纸巾盒捞近，顺便抬头瞄了眼投影屏。

许烁学着小品里的语气说话："您是想和我做朋友吗？您越

界了！"

涂晨北呕了声，把纸巾扔回茶几，说："你不是我朋友？现在从我家出去。"

他也模仿演员浮夸的台词："这是通知，不是商量。"

这次换许烁哽住，为什么小说里的男主角清风霁月，涂晨北却这么接地气？要不是牧里市最大的地产集团也姓涂，许烁真想把涂晨北丢进验钞机里验验真伪。

"可是他好帅。"没一会儿，许烁指着电视上的演员道。

"你看谁不帅？"涂晨北丢个白眼。

"你。"

行，在许烁的洗脑下，涂晨北对自己的认知是：普帅男。没什么死角，干净清爽，在球场上、大学里算显眼，投放到娱乐圈，可能会成为被神颜艳压的那个。

还好他这人没啥上进心，只希望在牧里这座宜居城市安度晚年。

涂父是牧里市远近闻名的大教育家，手里有股，头顶挂名，三代不愁。聊到他，涂晨北眼不离屏，说他爹育儿之道很成功——以放养为基本方针，以财务支援和适当干预为实施手段。

许烁闻此，停下在锅里捞牛肉的动作，问道："你爸成天不着家，啥时候干预过你？"

涂晨北撂下手机，哑然失笑："两件事。一个，初高中经常给我办转学，他只要新交到教育界的哥们儿，就把我学籍转去，我像

个意大利炮，指哪儿打哪儿。不过那时候咱俩还不认识，你不知道正常。"

许烁套着棉质卫衣，素颜，深红色头发懒懒绑成低丸子，耷拉着眼问道："那第二件呢？"

"前几天，我爸竟然主动约我去酒吧，包了顶楼，先后找了三个姑娘跟我相亲。"

许烁嘴里的饭差点喷出来，说："涂晨北，你才二十一岁，老头子太急了吧。"

而且，去酒吧相亲，叔叔还挺前卫。

紧接着，她凑近问："那你相成功了吗？"

"没。"

"缘何？"

"我说，我有障碍，不能传宗接代。"

许烁听完，滞了两秒，直接笑趴倒："哈哈哈哈哈哈，你不会真的……"

"真你个大脑袋！"涂晨北给她头顶来了下。

静了一会儿，涂晨北退出手机界面，又夹上筷子吃了两口，说："这事怪你，那次你跟赵泽在榆临区看完演出，半夜敲我家门。"

许烁回忆了下，确有此事。那晚许烁妈妈打视频电话查岗，许烁哪敢说跟赵泽待在一起疯。想到涂晨北家有套别墅就近在榆临，涂父涂母常年不着家，于是她扯谎在闺密家，谎称闺密在洗澡。

涂晨北挑眉，说："讲个鬼故事，我妈真的在洗澡。"

涂晨北妈妈开经纪公司的，早年跟大男子主义理念的涂父不合离了婚，事业一路飞黄腾达。至于爱情，前些年给涂晨北招了不少小后爹，但总归不长久，这两年他妈妈常回榆临别墅住，时不时跟涂父余情未了一波。

用涂晨北的话说，他妈妈就是吃惯了山珍海味，偶尔尝几口咸鱼白菜拉回人间。

"你妈看到我了？"

"这倒没有，但她听见女声，讲给我爸听。他很凝重啊，说谈对象可以，但是不能乱来，他能帮我介绍。"

许烁咂咂嘴，不理解："平时看你挺自由，没想到受封建荼毒颇深啊。"她一转话锋，"需要我帮你澄清吗？"

涂晨北摇摇头，说："小问题，我索性说你是赵泽的女朋友，和赵泽上门拜访我，我妈没看见而已。"

赵泽。

许烁听到这个名字，筷子突然停在嘴边，愣了两秒，才道："咱不说他，吃饭。"

涂晨北于是真的埋头吃饭，吃着吃着，感觉有一道目光注视他。他侧头，看见许烁就那么怔怔地望着锅里翻滚的肉。

涂晨北拿筷子敲敲锅沿，催她："吃啊，愣啥？"

许烁有些落寞地把额前刘海别到耳后，沉默了一会儿，说："知道吗，跟好朋友闹掰比失恋还难受。"

涂晨北漫不经心地答："我知道啊。"

许烁翻白眼："你知道个啥。"

认识四年来，涂晨北已经练就一身好脾气，许烁这点小情绪根本不算啥。他打趣："还比失恋难过，说得跟你恋过一样。"

（2）

许烁是个"社交悍匪"，各方面。

涂晨北曾经有个肝胆相照、情同手足的好兄弟，叫赵泽。他是真帅，学校宣传片一扫而过，就在视频号留下十来万点赞的程度。

人嘛，都喜欢美好的事物。当涂晨北转学过来的时候，他在学生潮的漫天人头里，精准捕捉到了赵泽。

一眼万年啊。

隔壁班，又经常约着打篮球，两人很快形影不离。

赵泽这人连秉性喜好都是标准帅哥：听 rap，打篮球，穿潮牌，不主动，偶尔看点豆瓣高分电影提升人生境界。

但是，涂晨北和赵泽同吃同行的这半年，对涂晨北有好感的姑娘比喜欢赵泽的多好几倍。涂晨北总结下来，原因大概是兄弟高冷得过于阳春白雪，反而给人距离感。而且赵泽好像真不开窍。涂晨北笃定，赵泽这种人，绝对没有异性能得手。

直到另一位转学生空降。此女便是许烁，来时一头高马尾，短上衣，街舞裤，白绿运动鞋。

涂晨北眼前一惊，好潮的姑娘。

接连五天，此女都坐在教室后垃圾桶旁，面色凝重地看书。涂晨北心想，潮只是她奋斗的保护色。

偶然有一天，涂晨北在垃圾桶边剥橙子，余光瞥到最后一排那头扎眼的白亚麻色头发，心想这人成绩得多好，才能如此肆无忌惮。

他一个关系户都没这么张扬。

涂晨北心不在焉，橙子汁溅了一手，顺着胳膊钻进袖子里。他左顾右盼，拿脚勾了下许烁的凳子，说："姐们儿，来张纸。"

许烁从脚到头打量他一遭，歪身从抽屉里掏出一包抽纸。

"自己拿。"

涂晨北这才发现，许烁的桌子上确实摆了一本教科书，书册中间，掏出一个四四方方的洞，洞里躺着一部手机。

手机躺得很平，平如涂晨北摆烂的人生。

洞中方一日，世上已千年啊。

不出所料，第一次考试，许烁只排在涂晨北前一名，位列班级倒数第二。这种现象级事件甚至惊动了隔壁班不谙世事的赵泽，某天，他问涂晨北："你们班那位，什么来头？"

涂晨北当时不以为意，随口说："转学生，叫许烁。"

总之过程不重要，许烁属于后起之秀，毕业后考上一所上游"985"大学，专业是广播电视学。

这段日子正值寒假，她留在牧里市电视台实习，努力一个月，稿件没被用上几条，但好歹作为临时记者在民生报道里一闪而过。

"近日，为深化教育改革，牧里市中小学普遍实施5+3制……"随后镜头就切给一群小孩。

许烁掰着手指头数进度条，九秒钟，她的镜头只有九秒。

下班途中无聊，她把视频号发给了涂晨北。不一会儿，微信弹出窗口：[拇指／拇指／拇指]

地铁晃啊晃，许烁无聊地刷朋友圈，一个熟悉的柴犬头像映入眼帘，转发了一段牧里民生频道的微信视频号，文案：牧里最美实习记者。

许烁皱眉，点进备注名为"涂涂"的主页，只有三条朋友圈。上一条是暑假陪她去露营拍的照片，上上条是毕业那天，涂晨北、赵泽和她的三人合照。

是涂晨北没错啊，头像也是熟悉的柴犬表情包，所以他搞什么鬼？

没过两分钟，共同好友纷纷在那条朋友圈下盖楼。

马建宏（地理老师）：巾帼不让须眉！

李文俊妈妈：明明可以靠颜值，非要走才华路线！

张馨艺：烁烁宝贝好美！

……

许烁把朋友圈截图甩到聊天框。

涂晨北：？

涂晨北：你给我的备注好肉麻。

许烁：……

涂晨北：你跑完采访了吗？

涂晨北：来牧里公园篮球场找我吧，想吃鱼。

牧里公园的室内篮球场很热，好多打着赤膊的男生。许烁小心地穿行在夹缝里，耸着肩，生怕被篮球砸到头。寻寻觅觅，她心想是不是涂晨北变丑了，已经不能一眼在球场里捕捉到他。

倒是瞄见几个小帅哥，许烁心里打定主意，以后多找借口陪涂晨北打球，来这儿坐坐，指不定能带个男朋友回家。

正盘算着，头顶突然被只大手暴扣一击。许烁曾经见过一个表情包，是只顶着西瓜皮的狗，如果此时她有天眼，自己必然是这等模样。

涂晨北乐呵呵地将手从她头顶拿开，深沉地看向自己罪恶的手掌，啧啧两声："许烁，你的脑袋怎么比篮球还圆啊？"

涂晨北常年打篮球，手背筋骨分明。许烁在顶光下，首先看到他青蓝色的血管，脉络分明，如同地理杂志上的山川河谷。许烁歪嘴坏笑，紧接着，她突然伸出手，一把抠住涂晨北悬空的手指，猛地一压。

奇怪的是，这次，涂晨北没有疼得龇牙咧嘴。两秒后，许烁感受到一股压制性的力量抵住手心，把她的手腕往回掰。

她抬眼，涂晨北正欠嗖嗖地挑眉，仿佛在说：看吧，我预判了你的预判。

许烁喜欢跟涂晨北较劲儿，乜斜着眼神说："涂狗狗，你学聪明了嘛。"

然后她偷偷发力去钳压他的手指。

秋冬交替，天干物燥，两人的手都泛干，反而没什么摩擦力。因此当许烁一使劲，她的指尖不受控制地滑向涂晨北的指缝。要说别人都是十指相扣，那两人现在就呈现出一种诡异的"七指相扣"。

换普通朋友现在应该尴尬一下的，但这种场景实在是太常发生。比如以前课间操要相互压脚拉伸，作为班里"唯三"的男生，涂晨北主动默默远离其他两个半月不洗澡的兄弟，直到新来的许烁跑来说："你也没人拉伸，那咱俩一组吧。"

一组是什么意思呢？就是组团逃课间操。

常在河边走，哪有不湿鞋，老师罚两人在走廊拉伸够一百组再进班。

抱作业的课代表疾速狂奔，一肘子撞到许烁，她的下巴磕在涂晨北的胸口，再抬头已经鼻血流满面。课间人来人往，许烁嫌丢脸，捂着鼻血，狠狠藏在涂晨北肩后，像把头埋进沙子里的鸵鸟。

正巧班主任夹着卷子路过，看见两个学生抱在一块儿，心想谁这么胆大妄为，一扒拉才发现是许烁和涂晨北。班主任那时还不喜欢许烁，她看似乐呵呵的，像一拳头打在棉花上。

许烁面露难色，说："老师您别误会，我俩就是……"

班主任摆摆手，说："你冲洗冲洗，回去吧。"

许烁前后比画，说："我俩这样，您都不怀疑一下吗？"

班主任扶眼镜："我不信你俩能在一起。"

许烁："我俩……哦，确实不可能。"

（3）

再回神，人在篮球场，其实也不过五六秒，许烁和涂晨北的手还攥在一起。

涂晨北甩甩手，像洗完手甩水珠一样，一脸嫌弃："啧，占我便宜。"

许烁也像沾了什么脏东西，在涂晨北衣服上蹭了蹭。

"别太自信。"

涂晨北径直去长椅拿包，乍一看是个跟篮球斜挎包大小差不多的纯黑帆布包，鼓鼓的。许烁再定睛，立体三角形，像不像小某书上常推常新的大号秀款三角包？

没完全潮，没完全土，一看就是涂晨北他爹揣测年轻人的喜好，托手下的年轻人给自己瞎参谋买的。

问题是一个敢买，一个敢背。

许烁打量他，黑卫衣、大裤衩，手臂上还搭着黑冲锋衣，肩上挎着巨大的三角包，背包里衣服塞得鼓鼓的。得亏他长得帅，竟然没什么违和感，像……一种新的时尚。

许烁摇摇头，扭头就走。

涂晨北小跑着追上她，问："你看，我是不是长高了？"

许烁也疑惑，怎么跟这个要脑子没脑子、要审美只有钱的地土家傻儿子做朋友的。她回头，涂晨北正踮着脚尖，说："有没有？有没有长高？"

"矮子乐。"

许烁实际身高一米七四，穿平底鞋直蹿天，但她骨架小，不显壮，这一点让曾经发育期净身高一米八一的涂晨北倍感自卑。

都说男的超出一米七五就敢说自己一米八，但涂晨北在许烁这种人形身高测算仪面前，丝毫不敢谎报半厘米。

他们走到篮球馆出口，恰好有个彩色长颈鹿身高墙贴，许烁冲他招招手，说："来量。"

涂晨北噔噔噔地小跑过去，踩掉鞋，身体紧紧贴住墙面，满怀期待地等待许烁检阅。

"一米八……"许烁捶了下涂晨北的后肩，"别驼背。"

涂晨北立刻将头昂得高高的，挺拔得像只军犬。

"一米八……一。"

"怎么可能？"

涂晨北转过身，不信邪。

许烁笑着拉住他，说："骗你的，骗你的，是一米八四。"

"真的一米八四？"涂晨北感觉自己男人的尊严要被挑战了。

"不信你自己再量一遍。"

涂晨北摇摇头："唉，不用看，肯定长高了。"

许烁轻松揽上涂晨北后颈，揉了揉他后脑勺，安慰他："没事，身高哪能当饭吃啊？"

还没等涂晨北感激涕零，许烁接着说："柴犬小短腿才可爱。"

涂晨北别过头，不理她。

许烁率先走出闸机，低头看手机说："我们出发吃烤鱼吧……"

无人回应。

是环境太吵了吗？

许烁扭头，看涂晨北刚站定在自己身边，却没看自己，笑容尽收，神情有些僵硬。顺着他目光的方向看去，只见走来一群压迫感极强的人，在人群最右边是一张最显眼、最浓郁的脸。

赵泽啊。

没有人可以在人群里忽视赵泽的存在，仅仅从视觉上说，就是如此。他们三个曾经无比熟悉，无孔不入，在那段封闭的青春日子，许烁和赵泽的关系好到令人羡慕，甚至比现在和涂晨北的关系还亲密。

不知是不是暖气给得太足，许烁有些喘不过气。

赵泽和几个老朋友经过，显然看到了涂晨北，拍了拍他的肩膀，问："来打球啊？"

涂晨北"嗯"了声。

在走过她时，赵泽朝这边瞥了一眼。许烁倔强地与他对视，假装自若，牙齿后方猛地酸了一下，蔓延至全身。

赵泽身旁的几个人不太眼熟，估计也是他的球友，跟涂晨北只是碰面之交。其中一个顶着"锡纸烫"的男生过来揽涂晨北的脖子，问兄弟咋不跟他们约着打球，要不要再打会儿。

许烁知道，涂晨北这人挺喜欢热闹的。他物质富足的人生基本围绕竞技体育、哲学真理和三五个狐朋狗友。

她心想找个借口，平时就跟涂晨北抬头不见低头见的，没必要

时刻黏在一起，让涂晨北跟兄弟们再聚聚比较好。

"那个，我临时有篇报道，你们聊，我先走了。"

涂晨北闻言，立刻摘下搭在身上的胳膊，连道别都没来得及说，只喊了句"我送你"，匆匆跑开。

许烁低头无聊地翻着微博，突然听见身后一阵细碎的跑步声，还嗅到一股极淡却不可忽视的清透香。

"你去哪儿，等我送你啊，怎么扔下我？"

"不用，你打球吧，咱俩啥时候见一样的。"她走上扶梯。

涂晨北也三步并两步地跟在她身后。公园的体育馆有四层，这是直达的扶梯，很长的距离，涂晨北侧身伏在扶手上，胳膊垫着下巴，端详许烁。

许烁扭头问："你瞅啥？"

"你不开心是因为见到赵泽吗？"

"我没有不开心。"

"你就是不开心了，许烁。"涂晨北不像别人，他没有欲言又止的意思。

"赵泽对你最重要，我知道，"涂晨北挠挠头，"比如说吧，如果现在不是我，而是曾经的赵泽，你一定会直接告诉他，你不开心了，因为什么、要干什么，不会跟他见外。"

许烁背对他，迈下电梯，然后转过身说："没有，你想多了，你是我最好的朋友。"

（4）

许烁最终拉着涂晨北吃了烤鱼。她这人有一大优点，就是不小心眼，事儿来得快去得也快，很快就把偶遇赵泽的小插曲抛之脑后。

涂晨北送许烁回了家，手机里收到一条赵泽的消息。

zz：兄弟，有空回牧里公园聊聊。

涂晨北扫了辆共享电动车，驶在滨河桥上，寒风割脸，把人吹得清醒。他不知道什么时候开始，很避讳见到赵泽。

或许是上个暑假，知道许烁和赵泽闹掰之后，涂晨北跟许烁越走越近，他不愿意承认，但这就是乘人之危。又或许更早，在他刚意识到许烁和赵泽有愈演愈烈的吸引力时，他就想脱离这三个人的友谊，不破坏他们的兴致。

涂晨北时常觉得身旁灯火通明，他却始终孑然一身。

他迈进牧里公园区，夜晚的清吧流光溢彩，赵泽坐在玻璃窗边，已经点好了酒水。涂晨北拉开凳子，却没喝一口。

"晨北，得有半年没聚了，喝点儿。"

"骑车，得守法。"

赵泽仰头，酒从喉管流过，喉结上下滑动。涂晨北一个男的都觉得，赵泽这家伙好看到刺眼。

"其实不止今天，我在想，你是不是在疏远我？"赵泽苦笑，"是，我和许烁好过一阵时间，但友情不该是极限二选一，我们都该是好兄弟。"

涂晨北听着，一言不发。

赵泽见他不说话，拉凳子凑近一步道："晨北，我跟女朋友分手了。"

涂晨北点点头，问："所以你今天是因为失恋，找我陪你？"

赵泽刚张开嘴，要说什么，被涂晨北的话压回去。

"陪你呗，兄弟嘛，失恋难过是正常的。"涂晨北眉毛一挑，招手叫服务生，上瓶果汁。

赵泽："我说的不是这个。"

涂晨北当然知道赵泽想说什么。他懒得周旋，直接戳破赵泽那点心思："你谈了别的女孩，又回想起许烁的好？这种事，你亲自找她。"

涂晨北起身要走，背后传来赵泽尖锐的玩笑："晨北，要是不认识的人，只怕都要以为许烁是你女朋友了。"

"没有的事。"

"真把我当兄弟就帮帮我。"赵泽按着桌子起身，"是，我前女友无理取闹，对许烁伤害很大，我知道，但现在我们也分了。帮我跟许烁解释下好吗？"

涂晨北："赵泽，我宁愿你是许烁前男友。"

涂晨北去吧台付掉了酒钱，回过头，说："因为被朋友背叛的感觉，许烁一辈子都忘不掉。"

晚上回到公寓，涂晨北擦着头翻手机，看见赵泽发来一笔转账消息，下面还附了句：能推一下许烁的微信吗？

涂晨北没收钱，也没回他，随手把手机撂进沙发缝里，摸黑转回浴室。涂晨北觉得赵泽这行为挺可笑，像在狗面前吊块腊肉，喔喔两声呼之即来，命令你来咬这个人。

虽说他的头像是小狗，但也别真把他当狗耍啊！

·第二章·
像素小勺和大耳朵涂

你不是第二顺位替补，
而且，我们本就该是最合拍的那样人。

两个人的友谊太拥挤

（1）

　　牧里这地方，传媒业不甚发达，许烁父母给许烁的意见是当个公务员或考研也行。旁人都觉得许烁高考算超常发挥，班里那些比她强的清北生尚且志向平平，她有什么自信觉得自个儿能蛟龙得水一步升天。

　　许烁端着米饭落座，说："爸，这个世界很多元，会给脚踏实地的人明路，也会给我这种机会主义者活路。更何况我也在为获得机遇努力，换句话讲这叫效率。"

　　许父是铁路局的老干部，自然听不得这些话，但总归发现女儿上大学后伶牙俐齿不少，不再是一副谈不妥的倔样，心想不愧是"985"的大学生。没事，一年一个变，围着那么多优秀同学，大四指不定被感化。

许烁还没安生扒两口饭，许母又拿筷子头敲她的饭碗。

"嗯？"

"你昨天晚上去找哪个朋友玩了？十点半都没听见你动静。"

许烁没做亏心事，自然不怕鬼敲门，囫囵吞着饭说："涂晨北。"

许母夹了一筷子菜，说："就说呢，你这油嘴滑舌多半都是跟那小涂学的，说一句顶一万句。不是我封建啊，你们男女孩子毕竟有别，保持点距离。"

许烁一听这话乐了："还保持距离，妈，您放一万个心，人家看不上我这等凡夫俗子，行吧。"

倒不是许烁危言耸听，涂晨北他爹给他介绍过的姑娘，她比涂晨北都熟，一个个不是饱读诗书就是家财万贯，脸还都是一个模子生的，温婉大方，美丽动人。

许父适时插嘴："我倒挺喜欢那男孩，干净礼貌，不争不抢，最重要的是脑子灵。"

许父是见过涂晨北的，当初高中开家长会，他去过几次，对女儿的这个同学很有印象。

许烁摇摇头，实在没发现他还有这等好。

许母"哧"了声，怼许父道："还不争不抢，我看你就是没出息。上个月要把你调进京，你竟然借口身体不适，老许，你真要气死我……"

许烁以为战线转移，乐得去回复涂晨北消息，结果又被许母提点："小涂当个朋友就行，可千万别找这种对象，有你委屈的。"

城市的另一旁，涂晨北啃着苹果，腾出手回复许烁。

她的微信名是"像素小勺"，姓名首字母乘二。涂晨北有次吐槽，结合你每天的精神状态，应该叫笑死。

像素小勺：我妈刚批评你，说你没出息。

大耳朵涂：？

大耳朵涂：你今天不跑采访？

像素小勺：嗯，实习生也要睡觉的。

大耳朵涂：晚上帮我解围。

像素小勺：又被你爸逼相亲了？

大耳朵涂：倒也没有。这会儿被缠上了，待会儿细聊。

结束一段对话，涂晨北抬眼，大学篮球校队一名后卫揽上他的脖子，说："咱先走着，吃顿饭差不多我妹就到了。"

涂晨北没接腔，站在路边挥手打车。

大学在本地上有一劣势，弯弯绕绕全是熟人。本来涂晨北今天答应跟球队寒假留校的朋友们吃个饭，没想这后卫要叫上他堂妹来喝酒。他堂妹叫杨羽雯，学播音，读高中时跟赵泽一个班的，现在就在最出名的那所传媒大学读书。

好巧不巧，这姑娘追过他。

涂晨北一般微信备注大名，比如高中、大学同学，就从不备注哪个班、哪个专业，一方面因为打字太麻烦，另一方面，不认识的

他也不加。

他勉强考上一所省内"211"，学生会、社团、班委的热闹他不去凑，只进了个球队，目的是混一年早晚自习公假，玩来玩去确实也就那几个人。其余像赵泽那种玩特熟的，不备注，光秃秃一"zz"，这就很考验起名功底了。

唯一一个给花哨备注的是许烁，不过在他的手机里，她叫"许勺子"。

这有一个说法，勺子在某地的俗语里，意思是傻，又恰与"烁"的首字母不谋而合，他觉得妙极了。

在一家烤肉店坐定，涂晨北习惯性点开手机看消息，看见"许勺子"这一称呼，不禁再次感叹自己文采斐然，咧嘴乐了。

球队朋友以为他看了什么搞笑新闻，凑过身来看。涂晨北一把推开他的脑袋，没好气道："瞅啥，洗头了吗？一股子味儿。"

"哟，有秘密了呗，不就是跟你好朋友聊天嘛。"

"好朋友"这仨字，咬得无比刻意。

这人也是涂晨北大学室友，见他晚上时不时跟个女生通电话，知道有许烁这么个存在。

他忍不住八卦："你跟你这好朋友相处这么久，就没点节外生枝的感情？"

满桌唏嘘。

涂晨北抄着包餐巾纸往他头上扔，说："就你多嘴。"

"回答问题啊……你心虚？"

"虚啥。"涂晨北笑道，"许烁这人太抽象，我看她就跟看艺术家一样仰慕。"

这是实话。

许烁的事迹他们略知一二——高中时期转进尖子班，倒数了大半年，一键飞升"985"，人人抢着跟她当朋友；到大学时，红橙黄绿蓝毛染了个遍，平日忙竞赛，期末蹲图书馆，学出个国家级奖学金，反而不考虑保研，说没兴趣。

"也是，有的人只适合做朋友。"在角落沉默的后卫突然开口。

后卫是杨羽雯的堂哥，涂晨北平日同他交集并不深，偏偏放了假开始常跟涂晨北来往，分明是为杨羽雯创造机会。听他那话，涂晨北心里翻个白眼，意思是我适合你堂妹呗。

"没想过。"涂晨北咽了口茶，或许杯子没刷干净，有股子抹布味，他低声叫服务员上了一瓶果汁。他一个人是过得讲究，但一群人聚餐，他也从不挑三拣四。

果汁被送来的同时，只见糊满雾的玻璃门被推开，许烁穿得像只狗熊，裹着寒气进门。

保暖至上，保命至上。

涂晨北向她招手，示意她往身边坐。许烁嫌衣服厚，没往靠墙的座位挤，让兄弟几个腾腾座儿，坐在了涂晨北的正对面。

后卫的脸色有一闪而过的局促。

许烁是个人精，当然注意到了，朝着大伙儿笑道："刚见完一朋友，来蹭个饭没意见吧？"

"没意见，没意见。"一窝大老爷们儿心大，又见到传闻中的美女，乐意得不行，"涂涂的朋友就是我们的兄弟。"

涂晨北皱眉看许烁，中午那会儿不还在家嘛，怎么这会儿化了个妆。要真是个通勤妆也就算了，还是那种反派妆。原谅涂晨北"没文化"，实在不知道这叫作当下流行的亚裔妆。黑挑眉、高清飞扬眼、裸色唇、红头发盘成高丸子头，配上她那张非常有质感的脸，很容易让她成为人群焦点。

几个人在烤肉，涂晨北嫌烟雾熏眼睛，懒懒地往后靠，随口问许烁："你头发又掉色了？"

"嗯，染的时候漂了几度，越掉越浅。"

"小心掉成'大妈棕'。"

许烁不以为意："染发的归宿不都是'大妈棕'，再染个新色就成。"

显然两人很默契，大家也就放心大胆问："烁姐，听说你拿国奖都不保研，你以后啥理想啊？"

"理想？"许烁夹了一筷子肉，想了几秒，说，"穷则兼济天下，达则独善其身吧。"

那兄弟本来点了点头表示理解，但来回品了品，怎么听都不对劲，怎么还本末倒置了一下？

"你确定……这个顺序？"

"没毛病啊。"涂晨北接道，"她穷的时候义愤填膺，满腔抱负，比如现在，怀揣艺术理想和社会公义，那当然兼济天下。你等她飞黄腾达了，指不定在哪儿一个人吃香喝辣呢。"

许烁打了个响指，笑道："你懂我。"

涂晨北歪嘴一笑。

饭桌上聊了一阵，涂晨北的大学同学们也总算知道为什么许烁能跟涂晨北这种高冷男交上朋友。

中途，可能是到了饭点，服务生都忙起来，没人替他们翻盛烤肉，一群大老爷们儿都直接上筷子夹，也不管油烟味是不是弄到袖子上。涂晨北默默地放下筷子翻手机。

许烁瞥见，无可救药地摇摇头，伸长了手，拿夹子拨了块肉，放进涂晨北眼前的盘子里，扬了扬下巴。

众人起哄道："你自己没长手啊？还麻烦我们烁姐。"

涂晨北正要骂两句这群帮腔的，一抬头，发现一个姑娘就站在许烁的斜身后，直视着自己。

下一秒，在堂哥的招呼下，杨羽雯绕过狭窄的餐桌缝，在几个男生的起身迎接让座中，挤坐在内侧的涂晨北身边。

许烁定睛看，嗯，这就是我今晚的任务了。

唉，这就是美女吗，真冷。

斜对面的杨羽雯穿着一件米色毛绒外套，里面是一条灰色毛线包臀裙，简直是冬日暖流。作为桌上仅存的另一个女生，许烁看向自己，虽然里面穿得非常体面又"辣妹"，但一件黑色运动大棉袄足以消灭这一切氛围感。

失策，失策。

杨羽雯先是给桌上所有人打招呼，转而用沾染了冷气的语调，轻声给涂晨北打招呼："哈喽，好久没见。"

好家伙，一句好久没见，足以让一群人想入非非了。

涂晨北竟然只是点点头，继续吃盘子里的饭。

杨羽雯并未因此气馁，反而转向许烁叙旧："一直看你很眼熟，没敢找你说话，咱俩一个高中的对吧？"

许烁非常想借用喜剧里的一句话：优雅，实在优雅。

毕竟她是一个看到美女两眼放光的人，正想和杨羽雯友好地打个招呼，结果杨羽雯的下一句话就精准踩雷："记得你当时跟我们班赵泽关系蛮不错的。"

倒也不必这样把她和涂晨北划清关系。许烁恢复战斗状态，今天是来帮涂晨北战斗的。

许烁哈哈两声，结果对面的杨羽雯直接转过她手里的夹子，挽起袖子说："我来吧。"

许烁没太计较就放手了。

涂晨北此刻感觉整个桌上就他格格不入。他叫许烁救场也不是为了让她假扮女朋友，毕竟大家都一个圈子，谁真谁假一眼看得清。

之前赵泽出过事儿，就是被人拉出去喝酒，中途来了个女生，估计和其他几个男的商量好攻略他。赵泽酒量很一般，醉了酒被人拍了不少暧昧照片，第二天朋友圈都以为他在酒局里脱单了。

那次幸亏涂晨北，找他爸的朋友调了监控，这事才算调和开来。

别人吃一堑，他长一智——从此凡是跟没那么知根知底的人出去喝酒，不管醉不醉，桌上都得找个信任的兜底。

许烁自然是认为非常没必要，你是什么品种的大帅哥，全世界美女都围着你转啊。

然而她不止一次地发现，涂晨北是真的很招人追。

一个呢，他确实属于接地气的帅，如果说赵泽长得像男团门面的那种精致神颜，那涂晨北就是很有嚼头的演员脸，让人抱有一种幻想，他适合谈恋爱。

另一个，和涂晨北相比，赵泽最大的短板是相处方式。赵泽倒也大方，跟许烁出去吃饭总要请客，送她很贵的大牌生日礼物，就连别的女生送他的一兜零食，他都会分许烁一半。

但说不上哪儿不对劲。

换作涂晨北，他不会刻意请她吃饭，都是你一顿我一顿地付，顶多他付的顿数多一点；逢年过节加生日，直接转个红包，说吃点好的；他不会揣着明白装糊涂，接受追求者的礼物，更不会把别人送的东西转送。

这个东西很微妙，但关系中的双方一定感受得到，所以许烁也觉得她和赵泽没能持续做朋友，是某种历史的必然。

许烁出神了一会儿，对桌的杨羽雯脸上都被熏出了腮红，妆容半花不花的样子，像是微醺迷离，眼神里却透露出一丝清澈的纯真。

涂晨北总结过这种人：捕猎者。

许烁问过他，你难道不喜欢聪明、大方、自信、美丽的姑娘吗？他抠着脑袋说，谈不了这种，好是好，遇事能被算计死。

许烁问："何以见得？"

涂晨北非常经典地总结："这姑娘就适合两种人，要么精明到把她吃得死死的，要么憨厚到纯粹。我介于这两者之间，跟她势均力敌，太累。"

许烁不解："你不要觉得人人都想算计你好吧？"

涂晨北一个反问她就闭嘴了。

他说："假如给你个机会，你会为了让我妈捧你出道跟我结婚吗？"

许烁摇摇头，紧接着白他一眼："你拿我这么纯粹的人做假设，也配？"

（2）

烤肉盘换了好几轮，大家吃得八成饱，才转战下一个场地。后卫直接订好了大包厢，显然有备而来。然而在场有七个人，按照两两成对的惯例，显然许烁是那个计划外的突发事件。

从出了烤肉店开始，杨羽雯就有意无意地往涂晨北身边靠。许烁不想当恶人，况且这美女她见了都眼睛发直，就算只是谈恋爱，涂晨北也是稳赚不赔，于是她识相地走在队伍最后。

涂晨北结了账出门，埋头走几步，发现许烁不见了，回头一看，只见她插着兜，头裹在厚帽子里，拿脚碾着路缝里的干树叶子。

涂晨北今天穿搭比较正常，黑色摇粒绒外套，黑裤子黑鞋，斜挎一个绿包和攥着的绿手机壳撞色。

他插着兜扭身，三两步走到许烁身旁，呼出的热气在空中结出一道白雾。

"许勺子你咋回事，今天都不理我。"涂晨北拿胳膊肘撞了她一下。

"我吃撑了走不动，你也要管？"

其实许烁本想说"你跟杨羽雯走前面，我插进去不太好"，但总觉得这话听起来酸里酸气的，甚至有点心机。她跟涂晨北算什么啊，什么都不算。

涂晨北一副无可救药的表情看她，感叹："废物啊！"

位置订在一家清吧，纯属是因为杨羽雯打探到，涂晨北讨厌那种非常夜店风的地方，红红紫紫的镭射灯晃到眼瞎。反观这边，极简装修，没什么烟味和诡异的香味，当然也是下了血本，她势在必得。作为王牌播音专业生，杨羽雯的气质绝佳，在大学校内都备受追捧，她不信自己拿不下区区一个涂晨北。

来的路上，她在涂晨北找许烁后，也找堂哥聊了几句，顺势慢下步子，三人夹道而行。

事情比想象中难办一些。

本来她计划，等大家都醉到七分，趁机暧昧一下关系，就算他软硬不吃，总能拍几张照片，以此为契机，至少以后好单独把他约出来，谁知道涂晨北玩的哪一出。

许烁在座位上坐定，身体也暖下来，便脱了大棉袄，跟其他人玩酒桌小游戏。她穿着灰色吊脖背心、低腰裤，视觉上非常舒适又

流畅的身体线条，那是一种健康松弛的美感。

杨羽雯这才发现她低估了许烁的竞争力，至少她能感受到桌上其他男人目光的偏移。

涂晨北坐在许烁和杨羽雯中间，前期大家坐得还比较松散，但酒桌上最奇妙的点在于——酒喝着喝着，有的人就靠一起了。

起初，玩"一棵柳树扭一扭"的小游戏，杨羽雯的头有些偏向涂晨北。而另一旁的许烁，玩得越多，说得越顺溜，开心之余，也就离涂晨北更远一寸。

零上零下横跳的天气，杨羽雯只穿了条丝袜，还不是加棉的那种，许烁转头给人递纸巾的时候无意瞥见，心里暗暗打了个哆嗦。

再然后，那条腿几乎要贴在涂晨北的腿侧。

涂晨北悄然往许烁这边蹭了蹭，挪到她身边。

转到杨羽雯这里，已经是"十一棵柳树扭十一扭"，说到第一个"扭"，她以一个非常丝滑的转音，把"扭"读成了"柳"。其实大家闹哄哄的，压根儿没发现。结果杨羽雯歪头看了眼愣神的涂晨北，赔笑道："不好意思，嘴瓢啦，我自罚一杯。"说着，给自己满上冒着白沫的一整杯。

但凡上点道的男生，怎么会真的让一大美女喝一杯。

众人吆喝着："我替你喝……我替你喝！"

杨羽雯婉约一笑，说："我跟涂晨北认识得早，不然这局让他帮我吧。"

"噫——"桌上满是起哄。

许烁想了想，确实，她是转学生，满打满算高三认识的涂晨北，但人家美女可能高二就关注上了，这姑娘真聪明。但此时涂晨北内心想的是，你跟你堂哥认识得更早，出生没两年就认识了，怎么不找他给你挡酒？

涂晨北没接过杨羽雯的酒杯，不过出于礼貌，他另满上一杯，举起，一饮而尽。

末了，他将杯子倒过来甩甩，一滴不剩。

许烁瘪着嘴，认可地点点头。

把"逢七过""逛三园""照相机"这几个烂到家的小破游戏玩了个遍，众人依然比较清醒，后卫决定玩骰子。为了游戏效果，许烁总会跳着报骰子数，或者不那么中规中矩地加码，然后算准了，在涂晨北那里开他。

无一例外，涂晨北躲不过她的算计。

可能是大家也觉得涂晨北被"亲朋友"搞得有点惨，便提议换成逆时针玩。杨羽雯学得快，很快就把许烁跳着报这一套学会了。但许烁是为了阴别人，杨羽雯则满脸写着"开我，开我"。

无奈杨羽雯都把数报到了十七个"5"，还一副"我不太会玩，大家见谅"的模样，涂晨北再不开她就真的天地难容了。

"开。"

很显然，大家开到底也只有十四个"5"。

杨羽雯很遗憾地看他，用那种媚态而勾人的眼神，却带有一丝恰到好处的楚楚可怜地说："我胃不好，你替我喝呗。"

涂晨北也很无语，他总不能当众让人家难堪，但确实再喝下去，大家误会会更深。他心想反正许烁爱喝酒，多一杯少一杯都那样，便笑道："你让许烁替你喝，她今天晚上次次赢，压根儿没喝几口。"

此时许烁正在准备摇下一轮骰子，大家都脱了外套后，她白净的胳膊就贴着涂晨北的薄衫，冰凉凉的。她发现一众目光都注视自己头上。人家都那么说了，按她的人设，那也不能不喝。

涂晨北还在那儿笑嘻嘻。

许烁瞪了他一眼，就着涂晨北掺了半杯冰块的杯子，把酒喝进肚子里。

这下他开心了，她跟杨羽雯可都不高兴。

涂晨北不知道，今天是许烁生理期第一天。

逐渐地，许烁感觉有点冷，转身套上大棉袄。涂晨北以为她在暗示自己，时间差不多，该走了，便起身让许烁腾出地，说上个厕所。

就在涂晨北前脚推门出去，后脚杨羽雯也起身，说她也想上厕所，刚刚大家没人去，她都不好意思说，随即也消失在门外。

一般来说，酒桌上一男一女前后脚出门上厕所，就是有事的兆头。后卫顺势起哄道："你们信不信，这两人上厕所一上就是十分钟。"

其他人不怀好意地笑。

许烁手指叩着桌子，一下又一下，像钟表秒针一样，叩了好久。

这厕所还真上了七八分钟。

两人再回来的时候，也是前后脚。只是这次，杨羽雯先推的门，垂着眼，并没有出门时或者在酒桌上那么势在必得。

涂晨北放空似的仰面在沙发上又靠了一会儿，一拍大腿，说："呀，都十一点了。"

众人说："十一点算啥，这才刚开始。"

涂晨北："噢，刚刚许烁她妈给我打电话，让我赶紧送她回家，她家管得严，大家见谅啊！"

出了门，许烁把头埋在领子里，问："你俩上那么久厕所，有事发生？"

涂晨北一本正经地点点头，眼神诚恳地说："嗯。"

"所以你是准备把人家放'鱼塘'养着？"

涂晨北打量许烁迷茫却将信将疑的小眼神，扑哧笑出声："我那么闲啊？"

"所以你说啥了，复述来听听。"

涂晨北皱眉问："你什么时候这么关心我？"

"你不懂。"许烁摆摆手，"你正式找到对象那天，就是我在你爸那儿洗白的日子。"

"牵强附会，"涂晨北翻了个白眼，"我看你就是想吃瓜。"

许烁嘿嘿地笑。

涂晨北无语："真没说啥，就说我没谈恋爱的打算，未来要么留在牧里这破地方，继承我爹旧志，要么被送出国读个硕士，跟我没前途。"

"噢，没意思。"许烁摆正身子，踱步向前。

涂晨北叼着根棒棒糖，跟在后面慢悠悠走，其实他刚刚不是这么说的。

他从厕所出来，就看见杨羽雯在洗手台候着了。涂晨北非常直接，觉得厕所这地方不好，便说："有话去阳台聊吧。"

赶在杨羽雯有所行动前，他站定，开门见山道："你不缺人追。你大三了，不是不切实际的小姑娘。你觉得我家境还行，长得也凑合，性格是个能过长久日子的对象，最主要我妈还是开经纪公司的，对吧？"

涂晨北这么一问，把杨羽雯给整蒙了。作为播音生，家境中产没有资源是件棘手的事，她不差，她只是缺乏一个机会。人都是综合考量的，她心气高，想对涂晨北下手，也是因为他各方面都好。

正要反驳，她听到对面的人继续道："事业上有困难，看你堂哥交情，我会尽量帮你引荐。但我没有谈恋爱的打算，也对你没有一丝一毫的喜欢。别浪费时间，我不吃这套。"

冷风有些刺耳。

杨羽雯仰过头，看见鹅黄色灯光泼洒下来，有细密的绒屑飞舞。

那么柔和，又那么刺眼。

"是因为许烁吗？或是……"杨羽雯轻声问道。

涂晨北知道，她只是不甘。他怔了下，说："误会了，喜欢跟许烁玩，是因为她真的性格好，对陌生人一视同仁，对朋友无限偏爱。"

他说完点点头。

杨羽雯也同他对视，点点头，表示明白他的意思了。成熟的人都会在事情走向尴尬前及时遏制住。

她留下一句"涂晨北，你人真挺好的"，然后转身离去。

涂晨北也觉得自己人挺好的。

（3）

次日，许烁在肚子上贴了三个暖宝宝，扛着相机去跟报道。

说句实话，这种地方台的新闻采录和后期水平，用摄影机甚至跟手机没有区别。采录的时候，口袋里的手机响了，许烁怕影响拍摄效果，就隔着口袋把电话掐掉了。

中途，她掏出手机，看未接来电人的名字是"涂涂"，本来生理期就心烦，他又是鼓动她喝冰酒痛经的罪魁祸首。许烁听到导演叫她，便直接把手机塞回去，继续忙。这一举动恰好被身旁的同期实习生冯语看到。

收工之后，冯语照常走到许烁身旁，像是为了找话，问："刚刚你好像挂了个电话，这会儿不回过去吗？"

许烁这会儿累得像狗，不以为意："他不急，要真有事儿，肯定一百个电话挨着打。"

冯语"噢"了一声，又问："又是你那个帅哥朋友吧？改天带出来一起吃吃饭呗。"

许烁心想你这算盘打得未免太不讲技巧。

"跟他吃饭，挑三拣四的。不能太辣，不能太咸，也不能太淡，

必须卫生。"说完，她嫌弃地叹了一声。

冯语回旋着话头："烁烁，你们这种有帅哥朋友的，都不稀罕，处多了也不觉得多帅了吧。"

许烁下意识地想答"是"，但她把话咽进嘴里。

其实不是这样的。

许烁认为这是一种"被默认的谎话"。她承认相处久了，帅哥会越看越普通。但尤其是跟别的朋友在聊涂晨北这个人的时候，不可能意识不到，那个人在外人眼里本身就很耀眼。

有时候，她对涂晨北话语上的不屑，也会间接演变成一种隐性的炫耀。因为无法克服炫耀朋友带来的膨胀心理，所以许烁尽可能不跟别人聊涂晨北。

冯语看许烁欲言又止，疑惑地问："这个问题……需要思考很久吗？"

于是许烁转过头，笑了笑："没有，涂晨北挺帅的，处多了也很好。"

回到台里，已经是午饭的点儿。许烁还在想中午吃什么外卖，余光里忽然在大厅闸机外的石雕处，看到一个再熟悉不过的身影。

那人戴了副黑框平光眼镜，穿着炭灰色冲锋衣，百无聊赖地歪在大石柱上翻手机，切尔西靴蹬着地，懒散地撑起身子。

许烁心想，涂晨北好像真长个儿了。她辞别了上楼的同事们，又跑出闸机口，绕到石柱后面，一只手胡乱扒拉住涂晨北，蒙的也不知是眼睛还是鼻子。

涂晨北也无语，放下手机，头都不回地说："许勺子，幼不幼稚……"

许烁绕回柱子前，好奇地问："你怎么知道是我？要是认错了多尴尬。"

涂晨北翻白眼，说："闻你这个香水味就知道，还是暑假我送你的……"

许烁一拍脑袋，转回话题："说吧，啥事儿。"

"下午两点我妈到牧里，叫我去接机。陪我呗。"

许烁上下打量涂晨北，怪不得今天打扮得人模狗样。

"没空，没见我上班啊？"

"确定不去？"

"不去。"

"这样啊——"涂晨北拖着尾音说，"那就不巧了。我妈她这次回来，主要是带艺人来牧里拍旅游大使的宣传视频……嘶，我记得他叫啥来着……"

"你妈公司的艺人，我还真没兴趣。"

倒不是许烁装高冷，涂母的经纪公司在业内属于中上游，只签演员，在市面上都是小火或待爆的程度，口碑虽不错，但没有特别"吸粉"的那种。

涂晨北欠欠地道："这样啊……哦，想起来了，那个演员叫余池，演喜剧的是不是？"

"哇，余池！"许烁惊得眼珠子都快掉出来了，"他签到你妈公司了？"

涂晨北拿手挥了挥跟块狗皮膏药一样凑上来的许烁，说："或许吧。"

这下换许烁在他面前蹦跶，嚷嚷着："我去，我可以去，我现在就去请假，反正活儿都干完了……"

美其名曰涂晨北去接机，不如说他挪用了他爸一辆七座商务车，顺便借了一位司机，候在路边。

而此时的许烁，已经坐在车里，花十五分钟速成化了一套妆。

涂晨北倚在车背上晒太阳，回头吓一跳，皱眉，眼神里缓缓打出一个问号。

许烁按下车窗，问："怎么了？"

午后懒懒微醺的阳光下，暖黄色打在许烁的脸上，形成雾面的细闪，她披下头发，枣色的口红和同色系的眼影映衬着。

涂晨北眯着眼，评价："浮夸了啊。"

许烁"喊"了声："你懂啥。余池是我喜欢最久的演员，跟你讲，他可厉害了，前些年演话剧，说了一阵脱口秀，后来也做喜剧……"

正当许烁吧啦吧啦地说着，涂晨北突然侧过身，手穿过车窗伸进来，一把扣住许烁的下巴。

许烁被人抓傻了，呆住。

接着，涂晨北的指腹在她下嘴唇旁抹了下，撤回了手，若无其事地继续靠住车子等人。

许烁骂："你有病吧？妆花了呀。"

她掏出手机去照。

"你口红涂出去了点，我帮你擦掉。"好心当作驴肝肺，涂晨北不屑地道。

"少碰美女。"

涂晨北："……"

要真掰扯起身体接触这个事儿，讲道理也是许烁"非礼"涂晨北在先。

一次是班级组织去峡谷考察地理知识，要爬一整天的山，快到山顶那会儿，大家都很累，同学们坐在小长廊里歇脚。位置有限，女生们都挤着坐，那当然只剩许烁和涂晨北挤在一张小短椅上，两边都是柱子。

涂晨北说："你坐吧，我不累。"

许烁靠了会儿，嫌柱子又冰又硬，就叫涂晨北坐下。

两人都是大高个儿，涂晨北的腿都伸在外面。许烁撑不住了，说了句"借你的背用用"，然后一头扎在涂晨北的背上，枕着他后肩膀就眯着睡了。

后来毕业班里大伙儿约着唱歌，许烁容易中途犯困。涂晨北总会从背后默默伸手，环在椅背上，在许烁脑袋摇摇欲坠的时候罩住她，任由她垫着。以及每次看电影，两人的槽点总是很相似，但怕影响影院其他观众，涂晨北特别喜欢凑近许烁耳语，然后两人无声狂笑。

时机巧了，两人会同时转过头，距离近到鼻子碰鼻子，许烁也不觉得有啥，照样唠，唠完脑袋还凑在一起，胳膊架把手上继续看，经常胳膊叠一块儿，直到压麻了才换坐姿。

久而久之，身体接触也就成了自然。

大约过了十五分钟，涂母出来了，身后跟着一个清爽的男生，个子高高的，拉着一个黑色拉杆箱往这边走来。

许烁推开车门，比涂晨北还积极，去迎接涂母和余池。涂晨北帮妈妈把行李箱扛进车后备厢，紧接着没等司机动手，许烁一把拉过余池的箱子，稳稳地往里塞。

涂晨北刚扭过头，看到这场面，拿食指顶了下眼镜框。

没看错吧？这可是那个好吃懒做、平日里拿个外卖都磨叽半天的许烁啊。

服了，真争气。

考虑到想让孩子们多交流交流，涂母坐在了前排副驾位置上，余池先上车坐进最后排，涂晨北和许烁一人一边坐中间。

要怎么形容现在的许烁呢？大概是眼睛长在后脑勺上才够她用——起初是从后视镜里瞥余池，再后来是给涂晨北发消息，撺掇他帮自己搭话。

像素小勺：呼叫僚机！呼叫僚机！

大耳朵涂：……

从机场到余池入宿的地方还有挺长一段路程，结果还是余池主动跟涂晨北搭了话。

"你还在上大学吗？"

"嗯。"

"刚刚还以为你是屏姐的艺人，结果一问，是家人。"

"屏姐"也就是涂母，全名邹立屏，早年嫁入老涂家的时候，涂父他妈也就是涂晨北的奶奶，非要涂母改个名字，说叫邹丽萍、邹俐平什么的都行，比现在的名字叫着舒服。

邹立屏当时一怒就摔门回娘家，半个月才回去。现在想来，这些事就是先兆，立屏——给自己设立一道屏障，比男人来得靠谱得多。

邹立屏听余池那么说，搭话道："是啊，我儿子打小就好看，也不知道是随了谁，没一点事业心。"她说着也摇摇头，"算了，少些是非也好。"

许烁听着，是真羡慕涂晨北命好。想起来前段时间冯语家养了只小边牧，说是什么高贵的纯种苏格兰血统，还带镀了金边的出生证书，简直是转物种版涂晨北。

不知道想到什么，邹立屏突然扭过头叫许烁："烁烁，我听晨北说，赵泽是你男朋友？"

还有这茬误会？

涂晨北默默拿手挡住来自许烁杀气重重的视线。

"没有，阿姨……就之前的好朋友。"

"噢，前男友是吧？"邹立屏笑笑，"放心，阿姨不是封建大

家长，哪怕有天你跟晨北在一起了，我也双手双脚赞同的。"

"我……"

"不是，妈……"

许烁和涂晨北相互瞪了一眼。

邹立屏也没给两人插话的机会，说："唉，我就是觉得赵泽这小伙儿太适合上镜了，本来还想让你说服一下他。"

许烁心直口快："可别，他也就剩一张脸，属于脑袋空空，容易说错话，性格还软，特别容易被人当枪使。"

邹立屏像是听到什么新说法，说："原来这样啊，怪不得……"

涂晨北抬头问："怪不得什么？"

邹立屏没沿着话题说下去，只对许烁说："现在的艺人啊，脸好看，人听话，团队再一包装……烁烁，你这么漂亮，阿姨要不是顾及你学历高，也把你送出道。"

许烁这一通受宠若惊啊。

涂晨北听不下去，说："妈，别拿这种客套话安慰许烁了，她哪天就当真了。"

"当真？那最好了。烁烁长相大气，性格吸粉——你可别不信，学习好的小孩进娱乐圈，事业心就是比小富二代强，学东西快，作品质量也更高。余池就是个好例子。"

这话许烁比谁都认同，顺嘴夸了一句："余池老师的台本可太牛了。"她转过身子，"上次在剧场里黑猫白猫那个梗，有机会一定搬大荧幕上演啊，特别好……"

余池听她也是做电视行业的，也顺势和她聊学校和专业上的事情，互相吹捧。

行，你们还奉承上了。

涂晨北掏出耳机，一边一个，长按降噪，耳不听心不烦。

总之，一下午过去，许烁今天看着挺开心。

（4）

余池这趟一过，涂晨北跟许烁一合计，决定让司机把他们撂在榆临区的商业街，去夜市吃东西。

长街入口处，来往行人摩肩接踵，一眼望不到尽头。

涂晨北顿了下，被许烁一把拉进人潮。

周围的声音一浪压过一浪，许烁在他耳边低着嗓子说："来都来了，就放心大胆地吃，都现做的，能不卫生到啥程度？"

混着油烟和雾气的光朦胧不清地笼着涂晨北的脸，他放慢步子，移步到许烁的身后，两手搭上她的肩。

"我是怕后面小孩挤你，饭没吃到嘴，大牙先摔掉两颗。"

许烁一低头，还真是。

一个小男孩手里拎着小汽车玩具，胡乱地在人群里穿来穿去，刚刚还想去推涂晨北的腿，不过他结实，换许烁估计要绊倒。

唉，涂晨北有时候真还不错。

许烁仰过头，正好能看到涂晨北的下颌线往上，这个视角就特别像博主探店时，把手机举在下巴那块行走。问题是涂晨北这个刁

钻角度也真挺帅的。本来就是阳光无死角的长相，面部线条清晰，五官精致但不柔和，再加上她看得多了也顺眼，许烁这一刻多希望自己的眼睛是相机，给他"咔嚓"一张照下来，也算是出过神图的人。

涂晨北敲她额头，说："别看我，看路。"

吃了几家小吃，许烁大约五分饱，便要了份炒粉，跟涂晨北坐在路边小摊位上吃。

涂晨北搬开塑料小板凳，敞开腿坐下，削了削一次性竹筷子，说道："我上次吃夜市还是小学。"

许烁闷着头问："咋样？你不觉得在夜市越吃越香？"

"还行吧。"涂晨北皱眉，"得十年前了，我爸妈还没离婚，那次是去高雄办事，途经六合夜市，就顺便逛了下，回来没多久就离了。"

"所以好吃吗？"许烁亮着眼，忽闪忽闪地看他。

"印象不多，也就一般吧。噢，还有那边看大陆游客多，门口全是发小报纸小传单小光碟的人，宣传一些……你懂的。"

许烁"唉"了声："你就是小时候去过太多地方，打消了太多幻想，所以才不想出去读书。"

"差不多，咱且不说意识形态上的问题，就吃喝住行到思维观念，大局上我还是典型内陆人。"涂父搞了半辈子教育，到现在还想着把他送出国，涂晨北也无奈，说，"讲不通的，学的人到哪儿都会学。"

许烁暗叹，各人有各人的苦恼吧。

涂晨北这个人吧，你说他胸无大志，也不是。男孩子嘛，谁没点大英雄主义。只是父辈的现实很早让他意识到，理想主义在这个社会是行不通的。他控制不了别人的想法，只好控制自己。

涂父曾锐评他，涂晨北这孩子成不了大事，心太软。涂晨北权当他爹在夸他。

想到这个，涂晨北看向埋头吃饭的许烁，就觉得能交到她这样的朋友真不亏，因为她根本是个海绵刺头——"芯"是软的啊。

可能没认真打底，到晚上妆也有些花掉，涂晨北在许烁抬眼时，看到一片浅浅的乌青，这得多久没睡好觉了，而且她现在白得诡异极了。说起来许烁是正常皮肤，但今天莫名惨白，口红吃掉了色后，唇色也隐隐发青。

"许勺子，你现在跟个亡命赌徒吃断头饭一样。"

"嗯？"许烁嘴里还塞着饭，含混不清。

"算了，先吃别噎着。"涂晨北拧开矿泉水盖子，递在她手边。

往出口走的时候，涂晨北怕许烁吃太咸齁着，便走到个冰粉摊口，问她吃啥味儿。

许烁想了想，说算了。

涂晨北特诧异："还有你不吃的时候？"

"来'姨妈'第二天，怕疼，算了。"

这么一说，涂晨北再看许烁，她看起来确实比白天蔫了，刚才以为她是酒足饭饱要犯困，现在想来估计是今天不舒服，撑到现在。

涂晨北用软件叫车，看到聊天界面球队的消息，突然想到昨天应该是生理期第一天，许烁来跟他们聚餐，他还专门让许烁帮自己挡酒，满满的冰碴子，一大杯。

他的手卡在手机上，突然不动了。

许烁见状，撞他一下，问："想啥呢？"

涂晨北"噢噢"两声，才去叫车。

许烁看着打车界面，开玩笑说："涂涂，学个车呗，这样还能一块儿出去旅游。"

"科目一没过，伤到了，再议。"

许烁一顿嘲讽，这事儿就如同他们随口打的无数个哈哈，笑一笑就过去了。

半晌，涂晨北突然冒出句："对不起啊，许烁，昨天不知道你生理期，所以……"

"没事儿。"许烁大大方方地笑，"因为你是涂晨北嘛，我最好的朋友，所以这算什么。"

不知是不是错觉，涂晨北感觉心口一阵暖流划过。

周围人多，但地方偏僻，接单的赶不上订单，过了快十分钟，才叫到一辆距离四千米的车。刚一开始许烁还站在旁边刷微博，刷着刷着就开始蹲下玩，再到后来，车还有一千米的时候，她突然捂住肚子，问："车啥时候到？巨疼。"

涂晨北见此，立刻蹲下问："是不是吃坏肚子了？"

许烁拧着脸摇摇头："应该不是，就是痛经，嘶——"

夜里的风都特别凉，一下吹到骨子里，许烁本来就体寒，这会儿腰腿酸疲，疼到牙都在打战。

　　涂晨北焦灼地看手机，车还有三百五十米就到了，他不停地刷新着地图，问许烁："我家离这边近，不然先回我家，晚会儿看情况……"

　　许烁疼得说不出话，伏在那里点点头。

　　涂晨北看到车灯，去够许烁的胳膊，许烁摇摇头说："别背我，硌得慌。"

　　于是涂晨北起身，因为一只手拎着她的东西，单手去拉她起身。八成是身子没劲儿，太软，许烁一个猛子往上走的力，正正撞进他怀里。

　　她下意识怕摔，所以紧紧搂住他的腰，隔着厚棉袄也能感受到的稳固。两人现在也管不着好看不好看，涂晨北一把掐住许烁，跟吊在半空的小飞狗一样，把她架上了车。在路灯的映照下，涂晨北看到许烁眼角雾色的红。

　　坐在车上，涂晨北问司机师傅能不能把空调开大一些，一边拨着许烁糊在脸颊的头发，一边说："快到家了啊。"

　　许烁去拨他手掌，蜷着身子说："没那么矫情，就疼一阵而已。"

　　涂晨北碰到她的手，温度是冰凉的，摸了摸兜，发现兜里也不暖和，便直接握住她的手，把自己的温度渡给她。

　　司机师傅是个中年阿姨，等红绿灯的时候，视线往后视镜探，对涂晨北说："孩子，回去别乱买药，买艾灸棒给你女朋友熏下穴

位，网上一搜就有，比啥都管用。"

涂晨北连忙应好，道谢，随即打开手机搜闪送。

至于女不女朋友的，两人早就习惯了，主要是也没必要给一面之缘的人解释他俩不是一对。

他俩永远在七夕、中秋、平安夜、跨年时走在街上环顾四周，双双感叹怎么全世界的人都有对象。许烁经常观察路边拉扯的小情侣，说"哇哇哇，吵架了"，涂晨北拍她一下，说"你声音敢再大一点不"。

现在许烁倒是一点都不吵，整个人耷拉在车座上，魂被偷走了一半。

许烁这样子，看着真挺让人心疼的。

不知道是不是因为车上暖气足，到了涂晨北家，许烁基本上恢复直立行走了。

涂晨北把她安置在客房，也就是邹立屏女士每次回来住的地方，然后去他爹的房间找打火机点艾灸。

涂晨北不抽烟，真不是多高风亮节，而是不想死。他爹把烟当饭吃，加上不良生活习惯，总给人一种命不久矣的垂暮感，而且人的调节系统一旦被打乱，再怎么护理也没用。

涂晨北不希望自己的中年活成那样。

找了半天，他终于在床头柜里翻到一只细钻的打火机，便拿去给许烁熏艾灸棒。

许烁一眼就瞄见锃亮的打火机，太打眼，忍不住吐槽："涂晨北，你爸这审美……好潮啊！"

涂晨北没抬头，低着眸子干手上的活儿，语气毫无波澜地道："肯定不是他自己买的。估计又是外面哪个女的送的，习惯了。"

许烁听着也是无语，她甚至比涂晨北还看不起涂爸。

她坐在床上，接过涂晨北递过来的艾灸熏合谷穴，这会儿腰确实没那么痛了，便顺着话茬问："你们男的是不是花花肠子都这么多？"

涂晨北思考片刻，回答："实话说，多数是这样。"

他拉开凳子坐下，说："以我的经验来看，男的分两种。一种，敢想敢干；另一种，有贼心没贼胆。所谓深情专一的，几乎灭绝。"

许烁换了个穴位熏，在小腿胫骨上的足三里，是半盘着腿的姿势，头发从一边散下，挡住视线。

她撩了下头发，正对上涂晨北的眼睛，好奇道："那你呢，你是哪种？"

涂晨北想得很认真，啧声道："不知道啊。我没结过婚，那谈恋爱和结婚是两种模式。再说，我也没谈过……"

许烁："废话。"

涂晨北将话在脑海里又过了几遍，说："我必须专一啊。首先是因为，我找对象慎之又慎，结婚更是下定决心，必然是我特别喜欢且相处舒服的人。而且，我瞧不起我爸，所以不屑。"

许烁点点头，说："唉，未来谁跟你结婚，应该挺快乐的。"

涂晨北和许烁两个单身人士经常聊婚恋的事情。每每于此，许

烁讲完都有些怅然，因为常年跟涂晨北相处，对异性的眼光都拔高了，会担心以后真谈不到对象。

再一个是她藏在心底，应该永远不会说出口的一点私心——她希望涂晨北多单身几年，至少比她晚两年找对象。

等他有了女朋友，他们俩肯定不能像现在这样聊天聊地黏在一起。和赵泽的那段经历已经弥足倒胃口，她还没有做好失去涂晨北的准备。

人就是这样纠结，好比前几天看到杨羽雯和涂晨北，她某个瞬间也真心希望他们能在一起。因为涂晨北值得最好的。

然而涂晨北并不这么理解。

他听见许烁说，谁以后跟他结婚应该挺快乐的，吓得赶紧去捂了捂许烁的额头，也没烧啊。

许烁："干什么？"

涂晨北："没事儿，就是太突然了，我还以为你人之将死，其言也善了呢。"

眼瞧天色黑，又偏又冷，打车也不方便，涂晨北提议："要不你今晚在我家凑合住吧，咱去便利店买点洗漱用品得了。"

许烁犹豫："算了吧，我妈那边……"

"我给她打电话。"说着涂晨北就让她解锁手机，开微信视频。

许烁拖着病体坐起身，等待接通。

许烁妈妈接了视频，听到许烁今晚要外宿，起初是有些不乐意的。涂晨北接过电话，踱着步说："阿姨，您家往这边开车将近一个小时,多折腾啊……您放心,随时打电话查岗……哎,好,好……"

许烁再接过手机,看视频那头爸爸也在劝妈妈放宽心,都是自家孩子,这才说通,挂了电话。

涂晨北叫闪送买了些日用品,按网上教程煮了点热粥端进屋里。许烁没刚刚那么"半身不遂"了,裹了厚被子下床,跟他坐在客厅里开电视看。

电视里放的一部亲情片,又是父母离异,又是生别的小孩。许烁偷偷瞄涂晨北两眼,觉得这内容对他不好,还是要保护一下涂晨北年轻幼小的心灵,便岔开话题:"这时候你爸要是突然回家,咱俩就尴尬了。"

涂晨北看得开:"硬气点,咱俩又没做亏心事。"

"毕竟你爸是'封建大家长'嘛。"

"放心,我爸没这么可怕,"涂晨北笑笑,"而且就算咱俩是一对儿,我也会大大方方地承认。"

电视背景音骤然在涂晨北话尾的地方变得寂静无比。

许烁僵了下,撞他,干笑道:"你说啥呢,这种话容易催生心理暗示。跟你讲,就我舍友,常跟她一个朋友开玩笑,咱俩要在一起咋咋咋,结果有一天,她朋友直接向她表白了,你说这多尴尬……"

涂晨北垂着眸子,片刻后问:"所以,最后在一起了吗?"

许烁凝重地点点头,满脸就差写着四个字——太可怕了。

"喂,你不要把跟我在一起想象成多十恶不赦的惩罚好吧。"

涂晨北作为男人的自尊心被挑战了，愤愤道。

"算了，没事，你也不会喜欢我。"

涂晨北这才找回一些平衡，点头认可。

许烁拿遥控器换台，听见涂晨北突然问："那你会喜欢哪种？"

她鼓鼓嘴，说："性格好一点的吧。温和而不温良、自信而不自傲、舒展一些的人，毕竟你知道的，我已经很别扭了。"

涂晨北心想：这人不就是我嘛，你不会偷偷暗恋我吧，许烁。

没想到紧接着，许烁说："类似赵泽那样。跟你说实话，我俩闹掰前，我真以为我跟他会走着走着，自然而然地在一起。"

涂晨北感觉有块从天而降的石头压在心头，一下子就把他心里那点纠结的小火苗按灭了。他拿舌尖舔了下嘴边，找补道："我觉得你之前有点喜欢赵泽，而且你俩还都是顶级视觉动物。"

谁知许烁也答得坦诚："回想来，是有点。其实打通人和人最初壁垒的，很多时候就是外貌，这很难否认。"

"是。"涂晨北跷着二郎腿仰坐，摊臂伸在沙发顶，打趣她，"所以我这等凡夫俗子不配跟你们玩，你就把我撬走是吗？"

"哪有？"许烁辩解，"当时是咱仨一起玩，你自己脱离我俩的好吧……我哪次不带着你？"

涂晨北就乐乐，当一玩笑，没说话。

许烁直起身子，一脸正色，久违地叫他的大名："涂晨北。"

"嗯？"

"我是认真的。你是我最好的朋友，我从没有把你排除出去的意思，现在更不会。我和你关系好，不是因为我和赵泽闹掰了，于是你第二顺位替补。而是，我们本就该是最合拍的那档人。"

涂晨北歪着脑袋听完她讲的话，心里滋味颇多。

就挺值的。

他抬头，对上许烁的眼，说："许勺子，那你不许抛弃我啊，不然我肯定巨伤心。"

许烁盯了他两秒，没忍住推他，无语道："还有涂晨北，你也敢叫自己凡夫俗子啊。"

她上手捧着涂晨北的脑袋，左转右转，像法医端着一颗头骨，精细地研究，还啧啧嘴："这五官，这骨骼，有鼻子有眼的……"

涂晨北："你对我就这么点要求？"

许烁端详着，突然发现涂晨北脸不大，眉眼透彻，下半脸折叠度极高，给人的感受就像白茫茫的空中飘转的一只彩风筝，干净又治愈。

"涂晨北，之前有没有人给你说，你长得好看啊？"

"没吧。"涂晨北回忆一波，"可能之前是赵泽的'对照组'，他那才是神颜。"

许烁立刻不赞同："赵泽确实扎眼，但他就像把一百个帅哥的优点堆在一起，你就不一样。"

涂晨北挑眉问："怎么形容？"

许烁脑补了很多演员，试图拿他们来形容，无果，就觉得涂晨北身上气质蛮特殊的，最后干巴地来了句："你长得就很……

涂晨北。"

涂晨北当她跑火车,一把推开,说:"不想敷衍可以不用敷衍。"

许烁拿毯子闷闷地捂住脸,气道:"是你不懂。"

·第三章·
储江河滩，不见不散

零点没有钟声，但总有一处烟火为她而鸣

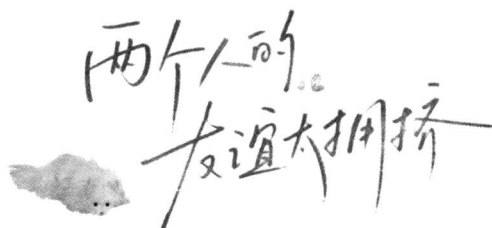

两个人的
友谊太拥挤

（1）

喜迎周末，天朗气清。

许烁前几日在朋友圈看到一条冯语转发的组讯，是电影节"青年导演扶助计划"的短片。

许烁刷刷就过了，她的微信好友列表里成群的传媒生，尤其集中在艺术大院，电编、电摄、广电制作、戏文戏导、网媒摄影等等专业，一年到头都在缺人。

人人人人，哪儿来的那么多人。

没等她倒头再睡，冯语前后脚弹来条消息，还是前两天那组海报，拍了拍她，说导演是影制学长，拍毕设，还入围了天才计划，挺好一项目。

许烁直接敲过去四个大字：我要睡觉。

冯语寻思哪儿来这么多觉可睡的，发来语音苦口婆心："这个你可以写进简历，也算主创，对以后就业考研都没坏处。"

许烁抱着手机想了会儿，回过去："你知道的，我只做电视。"

冯语也不知道这丫头为何单单在这件事上这么偏，毕竟电影电视不分家。周旋一会儿，许烁那边真没动静了。她怕这事儿黄了，于是给她弹过去一个视频电话。

一接通，对面暗无天日。

许烁哼哼着："咋了，我真的好困。"

无奈之下，冯语只好坦言："导演，谢子贯，就我那地铁crush（心动对象）。"

许烁态度软下来："但是啊，这片子周期至少一两周，咱们都是手上有活儿的人，两头赶不来。"

"小问题！"那头猛一激动，震得许烁赶紧拉开话筒。

那边补道："就陪我混个场务，他在牧里的景只拍两天。"

"行吧。"也算是遂了冯语的心愿，许烁收拾收拾去片场。

到了废弃钢材园，许烁才明白如此牛的组缘何招不来人——太偏了。

得亏今天无风无雨，才得以在钢筋水泥的间隙里窥见几瞬天光。布景刚完成，她绕走在长镜头般的空间体里，能闻到一股生锈的血味。

冯语穿着风衣和毛线裙，拎着一盒小蛋糕晃在谢子贯身后，探出半个头，眨眨眼。谢子贯坐在监视器前，没搭理。

可能她也觉得尴尬，弓身把蛋糕放在凳子脚边，直起身，正对上谢子贯的眼神，这才看到他脖子里夹了部手机，皱着眉听那头的话音。

从许烁的视角来看，这男的有点凶。他在瞪冯语，像冯语碍了他什么事一样。

待到冯语屁颠屁颠向她跑来，许烁用胳膊肘碰碰她，问："姐们儿，看上他啥？"

谢子贯中长发，脸长得还算可以，穿人字拖，邋里邋遢，浑身就写着"我有艺术气息"。

"不是跟你说过吗？他在地铁站口救小猫，还去买纸盒子，还在上面画了个收容所。我当时就觉得，那么有爱心一男孩子，肯定不会差。"

许烁不知道该不该劝，人内心浪漫，和跟他谈恋爱是两回事。还没等她开口，谢子贯撑着椅子起身，已经朝这边走来。

这会儿他已经从不耐变成冷漠，语气听着像差使，站定就开门见山，问冯语："你那边有认识形象好的男演员吗？不是科班也行，容貌必须好。"

冯语闻此窃喜，以为能派上点用场，忙翻朋友圈，选出来几个对象，转过手机，翻了几遍，谢子贯都不满意。

"骨相太差。"

"修得太过，能看出什么？"

"这个网感太重，不高级。"

"你审美行不行？"

许烁听不下去了，脸一甩，抱着胳膊冷冷地问他："演员没找好就开机，干吗呢？"

谢子贯是个欺软怕硬的，见许烁这样，反倒解释起来："原先找的演员高烧，来不了。"

许烁接过手机，说："倒是给我们看看原演员长什么样。"

她点开图片，原演员确实帅，男性的骨感里有女性的柔韵，清澈里透着一股倔劲。

"形象要求一定这么高吗？"

谢子贯叉腰，说："这片子，男演员的戏就是柔化，自我怀疑，恐惧，愤怒，狂奔到最后灭亡。他的镜头不多，唯一的要求就是外形好。"

冯语求助地看向许烁，说："你看看能不能帮找……稍等，就你那个特帅的朋友，能行吗？"

许烁："涂晨北？"

"嗯嗯。"冯语点点头。

"算了吧……他没碰过戏，怕演砸。"

谢子贯病急乱投医，非要许烁给他看看照片。许烁想着不让冯语矮人一头，也估摸着涂晨北每天无所事事，便递过去一张两人的合照。

谢子贯一拍手，说："就是他了，就是他。"他重复着这句话，很兴奋的样子。

"可是，涂晨北也没有……女性特征啊。"

"他长得清秀。你不懂，他比原演员还像原角色，就一眼……"谢子贯语无伦次，"他学什么的？"

"哲学。"

"那更好了，感知力应该也还行……"

还没等许烁答复，谢子贯就走开了，走到一半，又回过头确认："他不收钱吧？"

许烁脸色直接摞地上，哪有这么求人的。

她当即想说，要，要钱，大价钱，请不起演员还跩什么。

冯语扯住她，抚着她的背顺顺气，说："烁烁，他就是搞艺术的，人不太会交际，你别太在意……那个，你能不能求助一下涂晨北，妥当了我请大家吃饭，好吧？"

见冯语如此小心翼翼的语气，许烁冷静了下，毕竟实习这段时间，冯语有经验，帮衬她不少，这才给涂晨北拨电话过去。

"嘟嘟"两声，电话接通。

"你被绑架了？"没留喘气的机会，对面传出一声疑问。

许烁："嗯？"

"没事，你主动给我打电话，有点吓人。"

此时，旁听的冯语："……"

总之，涂晨北很好说话，说自己正巧在附近办点事，十分钟就过来。

许烁在门口透气，顺便等候涂晨北。

等了没多久，只见远远的一道身影。那人身穿美式复古夹克、翻帽卫衣，水洗裤衬得双腿笔直。建筑物切割出光影，涂晨北在阳光下看着格外明朗。

"什么事儿啊，这么急？"涂晨北递过来一杯咖啡，还是热的。

"让你上电视。"

"我不会啊。"

"照葫芦画瓢……"许烁手上比画着瓢的形状，"反正，展现你的魅力就对了。"

"那这容易。"

涂晨北一撩碎发、弹舌、挑眉、眨眼一条龙操作，生动再现互联网某知名表情包。

许烁搓了搓胳膊，被他恶心到了。

涂晨北虽然不进演艺圈，但记事以来跟邹立屏女士去过几次片场，也大致知道戏是怎么个拍法。

这种独立艺术片，独角戏，没对戏也没正反打，只有一个手持镜头追焦，完事再补几条大远景。涂晨北脑子灵，谢子贯给他讲了讲戏，走两遍调度，心中已了然。

完成妆造后，全员噤声，很快，他开始极速奔跑，莽撞地在废弃仓库里碰壁，陷入池沼的镜头都几乎一条过掉。

就连全程臭着脸的谢子贯都舒了口气，叹道："够灵的。"

许烁窃喜，涂晨北果然不鸣则已，一鸣惊人。结果还没等她得

意起来，拍摄进度就卡到这儿了。

这是个大特写，要对着脸拍，还是个微微摇摆的长镜头，重点是眼睛，要从眼眶里先冒出来泪，再整张脸近乎抽搐地颤抖，让虹膜有波光粼粼的破碎感。

当然涂晨北的理解是：瞳孔地震。

于是，镜头内他的眼泪乱飞，毫无章法。然而镜头外，涂晨北笑得很傻。

许烁怀疑他的眼泪是笑出来的。

哭到最后，许烁和冯语一对视，没憋住，笑出诡异的"鹅叫"，彻底破坏了这条的进度。

涂晨北半个人还泡在水里，零下的天，水池子一早注的温水变成常温。许烁见涂晨北没说，也不好上前干预。

谢子贯径直去水里捞起湿漉漉的涂晨北，给他讲戏："这种悲伤吧，它不是猛烈，而是无解……怀疑存在的存在，一眼望到底的纷乱，而你要继续前行……"

最后谢子贯拍拍他，说："好好想想，我们都会有这样的经历。"

摄像在调整位置，涂晨北把自己泡在水里找状态。

冯语附在许烁耳边，轻声说："我以为他是有'公子病'的那种，没想到是一点架子也没有啊！"

许烁笑笑："都跟你说啦，涂晨北很好的。"

再度开机时，谢子贯持着喇叭喊了两声，才把涂晨北从水里叫了出来。他的脸再出现在显示器里时，眼眶已然有了水痕，迅速发散，蔓延成血丝。他静止了一会儿，仿佛在回想什么，让人为之屏息凝神。

随后，他情绪迸发，暗流汹涌，又迅速回缩。他不甘地哽咽，咽下大半情绪，自作主张地头一歪，说不上是疑惑、诡异、死亡，还是解脱。

谢子贯陷入一片宁静，直到他走出这场景，才喊了声"卡"。

"可以吗？"冯语试探道。

谢子贯摇摇头。

冯语本来有些失落，许烁这边按捺不住，想拒了这场戏，只听得谢子贯继续说道："太好了，太好了。"

好吧，他的摇头是认可。

许烁迅速抱着毛巾，向水池跑去，想捞涂晨北起来。

涂晨北自己顺着楼梯爬上来，蹲在池边缓和。他穿着亚麻材质的宽松衣服，因为浸了水，湿漉漉地贴在背上，能显出骨骼。

那一刻，许烁真觉得他很破碎。

明明是个吃喝不愁的人，怎么会给人这种感觉？

她愣神之际，涂晨北已经一把接过她手上的毛巾。他跳下台阶，说："没给你丢人吧，许勺子？"

说这话时，能感觉到他语气上扬，但好像还被刚刚丢魂的状态压着。许烁当自己想多了，人都感性嘛，主要是太入戏。

"不丢人。"

"嗯哼？"

"不丢我的人，但他们很喜欢你，一个个都要把你抢走。"

涂晨北的戏份在黄昏时杀青。钢铁产业园临江，在江的另一边，顺着岸屿一直走，就能到他的单人公寓。

谢子贯这边也约莫结束，非要留涂晨北留下吃烧烤，跟他聊聊艺术。冯语这头也想他留下，这样自己还能跟谢子贯再周旋一趟，毕竟说到头，今天她也是功臣。

剧组几个人找了张折叠桌，在草地上支开，又从车上取下来烧烤架、食材之类的，开了几瓶啤酒摆上，看着倒有模有样。

涂晨北找了一张折叠椅坐下，说："吃饭可以，聊艺术就算了，我不懂那玩意儿。"

说罢，他把眼神投向身旁的许烁。

"别看我，我也不懂。"许烁拿了瓶酒，下意识地用桌沿开瓶盖，听得一声清脆响，才发现瓶盖已经被打开了。

人群晃动，大家奔忙在灶火之间，不一会儿，燃起一股香味。寒风吹脸，涂晨北把下半张脸缩进衣服里，伸手从指缝里看天空，很放松的姿态，问许烁："为啥你不爱拍电影？"

许烁眼神里有点惊诧。作为同事，日日相处的冯语都忘记她不喜欢碰电影这件事，甚至她自己都不记得什么时候给涂晨北提过这茬，涂晨北却牢牢记得。

她失笑："没故事，八字不合吧。"

涂晨北不是爱打听的性格，心想她说了自己也不懂，就问："那你以后想干啥？"

许烁想了好一会儿，说不知道。

涂晨北沉默了会儿，也说不知道。

许烁笑："我又没问你。"

结果涂晨北拎起来一瓶酒，斜着瓶颈，碰了碰许烁那瓶，激起水沫暗涌。

"敬你。"

很多男孩子是沉默的，涂晨北不一样，他是沉默又直率的。他的温和就是种表达，一个动作就代表一串语句，只是大家走得太快，只有许烁注意到他。

许烁以更大力气回碰，仰面而饮，说："涂晨北，不要甘心，我们会创造更多的意义。"

这是这个寒假，许烁第二次喊他的大名。

"那我试试看。"涂晨北一饮而尽。

不知何时，谢子贯端着一台老设备走到两人斜身后，8 毫米电影机，放得很低，弓着身子去瞄角度，涂晨北在前景，许烁在后景。

其实懂电影的人玩胶片，都不是随机出片，更不是氛围感，他们对成片有预感，也懂得怎么根据设备发挥最大效果。

他趁两人没注意拍了张，到闪光灯亮起时，才把他们从话题中唤醒。

许烁总归是这一行的，她家里只有一台索尼 A7S3 和几台 DV，专业机子都从实验中心借，瞧见谢子贯手里的玩意儿，凑过

来问啥型号。

谢子贯说 ELMO 的 8 毫米，现在网上五六百的都是摆设，功能都坏掉了。他这台一千多，在日本淘来的，没别的，拍人像非常适合，平时总用来拍姑娘。

涂晨北当即仰过头，说："可你刚刚画面主体是我啊。"

谢子贯呵呵一乐："我只拍名花无主的姑娘。"

涂晨北没说话，紧接着，许烁就大大咧咧地来了句："我俩纯朋友。"

谢子贯没多说，涂晨北说："咱加个微信，照片整出来发我。"

这边扫完，涂晨北正复制粘贴着备注，谢子贯扬了扬手机，问许烁："加不？"

许烁说："不用，你有事儿找冯语联系我就得了，再说，你也没事儿找我。"

谢子贯白了她一眼，说："放心，我对你没兴趣。"又扬了扬手，"加吧加吧，过了这村就没这店。"

"加加加。"许烁掏出手机，递着码让他扫。

折腾完，谢子贯又捧着相机去别处晃悠。涂晨北撞撞许烁，说："勺子，我发现，这人还挺喜欢你。"

许烁挑眉问："何以见得？"

"你看他对你和对冯语的态度就知道了，有的人就是不喜欢上赶着的。"

"就是。"许烁总结。

涂晨北胳膊架在折叠椅上，乐不可支。

那边烤好的串儿往这头递，许烁匀给涂晨北一半，也不论烤的是什么，不管三七二十一就塞进嘴里吃。吃到一半，她突然问："今天早上你就这么恰好出现在附近？"

"就这么恰好。"涂晨北一拍腿，"在办一件大事。"

"多大的事儿？"许烁佯装震惊，"是买房还是收购？"

涂晨北哭穷："买不起啊，但能买辆车。"

许烁眯眼看他，发现现在涂晨北也学会故弄玄虚这一套了，不知道真的假的，便顺着他话头问下去："买啥型号啊？"

"雷克萨斯 Lx600 吧，四座的，够宽敞，开出去也还行。"

许烁对这些没概念，但一听这意思，是要动真格，就随口问了句："要多少钱？"

涂晨北摸了下下巴，说："'两百'出头吧。"

许烁已经司空见惯了，毕竟钱在涂晨北嘴里，就是比她多加几个"0"，她觉得自己当下要是有两百万，就直接找个好山好水的地方住。

结果涂晨北紧接着说："钱是找我妈借的，我的舒坦日子没几天了。"

许烁知道，这车邹立屏愿意直接送，涂晨北也不乐意要。因为邹立屏给他花钱，是出于亏欠，而涂父给他花钱，是出于交换。

"你准备怎么奋斗？"她直起身问。

"不知道。"涂晨北闷了半响，眼神里全是迷茫，"我不像你们，

会点摄影、剪辑、排版，接点商单也饿不死。"

许烁失笑："那你就别买车啊！"

涂晨北摇摇头，说："这是早晚的事儿，况且，你不是想让我学车，这样我们就可以到处旅游了。"

他说得还挺诚恳。

许烁一时不知道怎么应答。她真的就是随口一句话，当时在路边打车，脑子一抽，没想到这两百万就这么出去了。

她坐在那儿，抠着手，努力替他想门路，想来想去，只想到互联网一句名言：能快速搞钱的方法都在刑法上了。

那头冯语在跟大伙儿一块儿烧烤，给谢子贯递了几串。他起初道谢接过，到后来就开始捣腾他的设备，不搭理冯语。

许烁就感觉冯语的眼光真挺臭的。

她起身去烧烤架，纵然有抽油烟机，浓烟还是熏得人直想咳嗽。许烁呛了两口，皱着脸把冯语拉到桌前，问："你帮涂大帅哥参谋一下，他怎么快速来钱？"

于是冯语开始以不太礼貌且冒犯性的眼神上下打量他。

许烁忙补了句："必须合法。"

"那当演员吧，网红也行。"冯语一下子就得出结论，他不会不红的。

许烁抬眼看涂晨北，问："如何？"

"真不想出镜。"涂晨北往后一靠，"况且到时候我妈又要帮衬我，不就违背初心了吗？"

许烁心想他说得对，这事儿也急不得，便又开始吃饭。谢子贯在那头支了个观测点，似乎靠什么仪器可以拍天文，她也不懂专业摄影，跟冯语打趣："他还玩得挺花。"

"那可不，人家是电影学院影制的，四年没白学。"

许烁轻轻"唉"了声。其实对于她俩这种综合院校的传媒生来说，仗着学历优势进电视台大企业是足够，但真从实操和专业程度，和艺术大院的根本没法比，从现在电视节目的水平就一目了然。

这下冯语一激灵，晃晃许烁，说："可以让咱们涂大帅跟着谢子贯学啊！我看他俩也处得来。"

涂晨北在一旁埋着头看手机，很蒙，心想自己什么时候成为"涂大帅"了，听着跟《喜羊羊与灰太狼》里面的那颗蛋一样。

"但是涂晨北没有专业基础，也并不爱好摄影。"

"嗯……"冯语想了想，学哲学的话……其实她心里第一个想法是给人算命。

"要么你去写网文？"

这次换涂晨北摇头，说："正剧赚到钱的都是极少数，写不出来男频大爽文。"

想到这儿，许烁"嘶"了一声，突然想到其实涂晨北文笔很不错。虽然他抓不准高考作文的要点，但写起来洋洋洒洒、气势恢宏，特别讲辩证。

她一把抓住涂晨北的胳膊肘，说道："要不你去写能出版的那种？"

"出版不都是黄昏产业了？"冯语辩驳，这个没什么前途吧。

许烁正色道："冯语，网络出现的时候，他们也都说我们电视是黄昏产业。我们都知道，不是这样的。"

看着她眼里的虔诚，涂晨北好像看到了一个不一样的许烁。她的生命不止有吃喝玩乐，还有这些信仰平铺开来的远方。媒介在消亡，但人不会。

有那么一瞬，他感觉自己被点燃了。

涂晨北咳了一声："是个好主意，问题是我写啥？"

"这个再议，先吃。"许烁摆摆手。

涂晨北发现许烁这人真有感染力。

谢子贯那边拍到了什么不得了的大场面，喊他们来观赏。冯语拉着许烁去凑热闹，扔涂晨北一个人在椅子上坐着思考人生。

夜光下，许烁红色的头发丝都在发光，好像吸走了周遭一切热量。

涂晨北点开手机，远远地拍照，这场景美得动人心魄。可无论再怎么调曝光，开实况，这是他第一次感受到，有画面记录不出的贫瘠。

正要熄屏，手机顶栏上挂着一条消息，他没法忽视。

zz：出了点事，能来接我下吗？兄弟。

涂晨北回过去一个问号。

赵泽这语气只有两种可能：一，喝大了；二，出事了。

对面直接发起共享定位。

行，是真出事了。

那头大家还在观赏星星，涂晨北上前问一圈，只有谢子贯跟许烁住得近。他央求这大艺术家把许烁安全送到家，自己有事先走一步。谢子贯挥挥手说小事儿。

冯语要来机器捣鼓，谢子贯说小心点，别碰这个键那个键。许烁瞪了谢子贯一眼，结果谢子贯直接察觉到，还抬到明面上。

"瞪什么瞪，你们小姑娘就是没在社会上挨过打。"他看了许烁一眼，拎起不知道谁的那瓶酒，对着嘴喝。

"比我大一岁，看把你厉害的，学长。"许烁讽刺他。

"嘿！"谢子贯不忿，蹲下与她平视，"看我不顺眼？不就是早上问涂晨北要不要钱，冒犯到你了呗。"

说完，他还跟许烁碰了个杯，说："真应该把你这种拿奖学金的小朋友扔行业里遛一遛。"

冯语此时也不知道两人是个啥局势，说剑拔弩张吧，谢子贯跟许烁显然都开得起玩笑；说玩笑吧，也字字珠玑。

许烁二郎腿一跷，转过身说："改改你那臭脾气吧，谁都没欠你。"

这次换谢子贯尴尬，冯语就在跟前，他早上那脸色摆的，是个人都想上去踹两脚。他勉强碰了下冯语的杯，说："早上事儿紧，态度不行，见谅。"

冯语忙说："小问题，小问题。"

许烁也没说教，插兜小憩，夜风瑟瑟。还是冯语先问："涂大

帅去哪儿了？"

"不知道，有事先走了吧，"许烁依旧是闭目养神的姿势，"但他能有啥事，算了，随便吧。"

冯语也学着许烁眯了会儿，心神不够宁，想东想西，最后开口跟许烁坦诚："挺羡慕你的，许烁，能有涂晨北这样的朋友，处处维护你，就连谢子贯这种难啃的骨头，都乐意跟你玩。"

许烁保持现在的动作，声音困困地拖长："那你为什么不羡慕涂晨北，有我这样的朋友呢？"

冯语愣愣地听，发觉好有道理。

"还有，你也知道谢子贯看人下菜碟，还这么待见他？"许烁向冯语挑下巴。

"特别吧，像我这种大门不出二门不迈的人，忍不住靠近。"说着她也埋头苦笑。

不远处，摄制组抬着不用的烧烤架去河边清洗。

谢子贯走在后头，对着一行人喊别去河边，厕所有水龙头，还真不讲究。他的表情依旧不耐，懒散地走。

"也没这么差。"许烁目光投向冯语，"我跟谢子贯一类人，只是某个人的出现，让我拥有了相对健全的品格。谢子贯则一直在世俗的边缘航行，不分对错。"

"涂晨北啊？"

"不是，"许烁笑，"一个你不认识的人。"

（2）

涂晨北到达环城桥下的时候，赵泽就蹲在马路牙子上，埋着头沉默。待涂晨北走近，他抬眼瞄了下，又迅速抱着手看别处。

这里没有一盏灯，传闻说是旧时处置战犯的地方，邪气重，黑压压的，赵泽的沉寂被藏匿在夜里。

涂晨北去拉他起身，却发现他手心全是坑坑洼洼的石子印，掌沿渗出血，起身时他按住肚子，发出低号。

涂晨北："你咋回事？"

"被打了。"

"你小子福气不浅，都这样了还没挂相。"

"你就盼着我毁容呗。"

涂晨北二话没说把他塞上出租，往市医院送。

挂了个急诊，医生说赵泽被打到轻微胃出血，大多是表皮伤，胳膊肘撑地的地方得缝个小两针，问题不大。

涂晨北坐在急诊室的空床上，打量赵泽，说："你还挺会'摇人'的，怎么，料定我会来救你？"

"没，群发，十来个人，就你回复我。"

涂晨北当即想把赵泽撂这儿。

涂晨北："说说吧，怎么回事儿。"

谢子贯开着剧组那辆面包车折了一趟送冯语，又把许烁捎回家。

小车慢悠悠地驶，路过加油站，他蹦下车自助加油，正巧遇到一行五六个人，身形高矮胖瘦，不像干正经活儿的，去便利店里买泡面。

正当他把汽油枪挂回机器，听见那帮人嘴里说什么南苑二期，他总觉得这小区名在哪儿听过，正回忆着，隐隐约约听到有人念了许烁的名字。

这两年拍独立片，社会上的混混遇多了，谢子贯懂得怎么跟他们打交道。

谢子贯敲敲便利店的玻璃，把人叫出来，问："大哥我这边干剧组的，正缺群演，包食宿，就明儿一天，干不干？"

对面正中的光头打量谢子贯一通，摆摆手说："明儿有活儿，不接。"

"啥活儿？多少钱啊？我出得高，影视寒冬，真缺人。"

"不该问的少问。"光头说完，就挤开谢子贯走了。

谢子贯琢磨着，这事儿不对。

中心医院，涂晨北埋头查着资料，问赵泽："也就是说，你的前女友，一小网红，想拉着你签经纪公司，搞那种情侣档赚钱，你没答应还为此分手了，结果之前哄着你签了份阴阳合同，她逼你要债，你搞不来钱，她就找人来揍你？"

"差不多吧。"赵泽别过头，"而且她疑心病重，总觉得我分手是因为在外面有人。"

涂晨北拍着手机，一时不知道说什么。他认识的赵泽是那么干净纯粹，怎么也想不到赵泽会沾染上这种事。

"你俩咋认识的？"

赵泽："就学校里，她比我大一级，在系里挺出名的，一来二去就熟了。"

涂晨北抿了抿嘴，说："赵泽，哪怕你说你跟许烁看对眼了，我都没这么恼火。非要找个这样的人，合同那是小事吗？是她太精还是你太蠢？"

他正开展着谆谆教导，忽然铃声响起，发现是谢子贯的电话，赶紧接通。

涂晨北："送许烁到家了？"

"到了，你最好盯着点……"谢子贯给涂晨北讲了在加油站遇见混混的这一出，提醒他最近保护一下许烁。

涂晨北："谢了。"

挂了电话，涂晨北无暇跟赵泽废话，紧接着拨了许烁的号。

涂晨北："勺子，这几天上班你跟爸妈一块儿出门，或者我去接你咋样？"

许烁这会儿躺在床上刚入睡，不知道他在说啥，"嗯嗯"几声就把电话挂了。

赵泽在一旁不明就里，问许烁咋了。涂晨北翻了一白眼，心想：你这前女友心眼儿可真够小的，怪不得之前闹得许烁不得安宁。

赵泽没吱声，半天就说了句："谢谢你，晨北，这事儿能别让

许烁知道吗？"

涂晨北也拿他没办法，说："你看我是想让她知道的意思吗？"

第二天一早。

涂晨北借了他爸的司机和一辆轿车，早早地在楼下候着许烁。司机是位退伍老兵，眼神好，涂晨北交代了许烁的照片和样貌，就倒在座椅里眯着了。

太折腾了。

昨晚他出了医院又去报案，赵泽这没出息的怕多事儿，硬是拖着不肯。涂晨北直接撒开他，说："我是目击者，你不报我报，你不要命许烁还要。"

一来二去地，凌晨五点多才各回各家。涂晨北放心不下许烁这迷糊虫，一宿没睡候在这儿。

于是，当许烁糊里糊涂被认领上车时，只见副驾座椅被放倒，两条长腿交叉跷在中控台，一个人抱着胳膊，歪头躺在上面，脸上盖着外套。这人化成灰她都能认出是涂晨北。

许烁只好绕到后排，掀开他衣服的一角。涂晨北见到光，才迷迷瞪瞪地起身。

"涂晨北，你这是要跟我体验基层？"

"没，我也去电视台附近，办点事儿……哦，对了，许勺子，"他步入正题，"最近我看新闻，有一窝流窜犯，专挑二十一岁小姑娘下手，拖到小巷子里毒打，作案地点就在你家附近……"

"等等，"许烁制止他，"你这说的不就是我嘛。"

"反正你别一个人出门。"

许烁不知道涂晨北又抽什么风，正要回怼他，只见他人已经钻进外套里，又睡着了。

下午，许烁早早地回家，未见异常。她爸打电话来说有应酬，快过年了，妈妈单位也忙，她就自己下了口面条，凑合着吃。

眼瞧厨余垃圾都满筐了，她爸又打电话说去小区门口便利店买几块电池，许烁踩着双大棉拖就出门了。

她家这套房子买得晚，在城市新开发区，傍晚很是人烟稀少。出门的时候，正巧碰见邻居阿姨，两人前后脚结伴出去的，但电脑键盘用的电池不常卖，她出去逛了好几家超市才买到，阿姨没等她，自己先回去了。

时间已经到晚上九点多，许烁揣着一怀冷风，走在回小区的那条街上，路灯已经黯然。

她总觉得背后有人。

那不是一种感觉，而是影子。月光斜打下来的时候，会有绰绰的阴影掠过，她脑海里没来由地冒出涂晨北白天说的话，牙齿酸酸的。

她不敢加快脚步，怕暴露自己，只得装作玩手机，迅速拨通视频电话，公放。

在涂晨北接通视频的那一刻，她刻意大声且自然地喊出来：

"喂，老公。"

涂晨北正在家构思昨天写书的事情，还找来了一个作协的朋友给自己参谋，结果许烁这一声"老公"在扬声器里一出口，吓得涂晨北差点跪下。

身旁的朋友瞪大双眼，男性法定结婚年龄不是二十二岁吗？

许烁压根儿没给他接腔的机会，继续说："我马上回家啦，老公。你在家呀，那你现在开窗就能看到我……"

涂晨北这才意识到，许烁可能被人跟踪了。

他立刻从凳子上起身，对着视频那头说："好，没问题，我现在就下楼接你……我看到你啦，别挂，马上就去接你啊，老婆。"

据他观察，视频后确实没有人，但许烁身后是刚刚绕过的拐角，漆黑一片，一点风吹草动都让人存疑。

两人打视频一直打到许烁走到单元门口，许烁输入密码进门，飞速奔上亮堂的电梯，手都是抖的。

涂晨北说话时手按在书桌上，再抬手时，朋友只在桌面上看到一层水雾，显然他也吓得不轻。

直到许烁打开家门，一屁股瘫坐在沙发里，才嗷嗷大号："吓死我了！"

涂晨北确保她进了家，才舒了一口气，见许烁一脸倒霉样儿，就想逗逗她："你最好确认一下家里，床下，衣帽间，厨房柜子……"

越描述越瘆人，许烁整个人几乎是软的，在茶几上取了一把水果刀，在各个屋里乱挥。

涂晨北在视频这头都看不下去了，说："逗你的，别搞笑了。"

许烁："不行，床下面还没检查。"

她先去了爸妈那屋，床芯是实的，藏不下人，再转到自己屋，慢慢地掀开床单……

然后视频里传出一声尖叫。

"咋了勺子……许烁！"

涂晨北在这头只能看到一片黑暗，应该是手机掉到了地上。他朝那边大喊，从沙发上拽上衣服就往外跑，要真的出了什么事，他会崩溃的。

半天，只听见许烁被抽干的嗓音，一下一下呜咽着："涂晨北……"

"咋啦？没事啊，许烁，没事……"他软下声音，像安抚小朋友。

许烁此时跌坐在床尾，捏着落灰的大熊猫玩偶耳朵，说："这熊猫长得，太可怕了……"

涂晨北挂了电话，朋友坐在沙发上，饶有兴致地打量他。

涂晨北噎了下，说："假的。"

"那啥是真的？"

"啥真真假假。"涂晨北抄起外套作势扔他，"你们搞文艺的，整天说话净舞文弄墨。"

"你今儿找我不也是想舞文弄墨吗？"

"我俗。"涂晨北憋出来俩字，脑子过滤了下，接许烁电话前谈到哪儿了，"哦，咱刚说，我走实体的话，出版费多少？"

"得看你呗。"朋友给他展开掰扯，"现在市场饱和，至少得有点受众，出版万把来块吧。大头是影视这块，但像我，写严肃文学，也就拿了奖那本卖出去，改成小文艺爱情片，税后九十来万那样。"

这朋友是涂晨北家里旧房子的邻居，比他大三岁。从小邹立屏让涂晨北跟着"乐乐哥哥"玩，结果就是涂晨北窝在他房间里，各看各的书。

乐哥打小喜欢读西方戏剧，后来慢慢接触日本近代读物，逐渐也在小报小刊上嘚瑟几句。而涂晨北从始至终读乡土文学。手艺人他看，封建没落他看，东北振兴他看，老乡绅他看，新官僚他也看。

涂晨北盘算了下，说："那你说，我这种新人冒头，无功无名，有前途吗？"

"有啊。"乐哥一本正经，"考个研，考个博，再留校，不多也就十来年，到时候回头看你作品，艮艮的名家喽。"

涂晨北拿外套扔他。

静默了会儿，不禁有点口渴，涂晨北从柜子里拿出他爹的茶叶沏上，标签上写着"99年中茶七子饼"。

乐哥背着手绕柜子转，说："你懂这玩意儿？"

"不懂啊。"涂晨北扯着嗓子说，"我爸说，外面柜子里放的都不值钱，让我拆着喝。"

乐哥探头隔着玻璃瞧这一排坛子，贴着"07勐海（熟）""05下关宝焰沱""可以兴青砖（生）"等等字样，他在聚会的时候也略听过一二,市场上都很稀有的货。好吧,对涂家来说,确实不值钱。

这是在涂晨北家的另一套洋房,纯中式装修,二楼客厅摆一套中堂家具,一间书屋,一间茶室,卧室背面一个大屏风,看起来有七八平方米。

乐哥问:"这里面都放啥?"

"值钱的茶,还有不知道谁谁谁题的字。"涂晨北给乐哥的小杯里满上,推过去,"本来这些东西都放外面的。"

"有故事?"乐哥抿了口。

"我小时候特逗,没事爱扒拉他的茶具玩,还撕茶饼,我爸本来想挺好,打小就会品。有次我也不知道抽啥风,捧着一紫砂壶,特别想听它碎的声音。一松手,啪,没了。我爸闻声过来,我'哇'的一声就哭了,他也愣了,不知道我在哭啥,最后就扫了扫碎渣子,也慢慢发现我没他想象中有出息。"

涂晨北说完摇摇头,自己都笑了。

"那壶多少钱?"

"万把块吧。后来我攒压岁钱,还了他一样貌差不多的,千把块,他也不屑用,"涂晨北举了举手里这个,"就它。"

"小涂,说真的,得亏你没继承你爸的性子。"

"怎么说?"

"大父权主义。"

涂晨北听完,扑哧乐了,茶差点呛鼻子里。

要不说许烁健忘，第二天一早，就把昨晚被跟踪的事儿抛之脑后，以至于她出门遇到涂晨北家车的时候，以为自己陷入了某种时间循环。

"你没发病吧？"她打开副驾门，捂了捂涂晨北的脑门儿，无大碍啊。还是他得了什么不治之症，留给她的相处时日不多了？

想到这里，许烁的手慢慢垂下，神情凝重。

涂晨北翻个白眼，说："别贫。"

许烁刚绕到后门，恰巧她爸拎着黑塑料袋下楼扔垃圾，看见女儿上了哪个男人的车，他揉揉眼，再揉，小步小步地靠近，潜伏在电动车棚后暗中观察。

这许烁，早出晚归的，不会是认识不该认识的人了吧？

想到这儿，许烁爸爸大步流星，在车门关闭的刹那，瞬移到车前，扒着驾驶座玻璃敲。

司机师傅按下车窗。中年男人，这还了得？

许烁爸爸看头条新闻，刚刷到不少年轻女孩缺钱借债，结果被坏人绑架走的案例，这会儿心都是颤的。

他急得荤素不分，直接把黑色垃圾袋往窗户里塞，防止司机开车，嘴里喊着："把我女儿放下来！观察你们很久了，警察就在路上，逃不掉的……"

涂晨北和许烁面面相觑，双双大喊。

"爸，是他，涂晨北！"

"叔，是我，涂晨北！"

楼上，许烁家。

涂晨北让司机师傅送许烁去台里，自己被许烁爸爸留下喝茶。

两人干瞪眼，一个比一个干。

涂晨北抠着裤子缝，措辞半天，终于开口："那个，许叔……"

"那个，小涂啊……"

得，又撞上了。

涂晨北摆手势，示意："您先说。"

"那我可就说了啊。"许烁爸爸清清嗓子。

涂晨北也莫名地咽了下嗓子。

"你跟我姑娘处对象了？"

"不不不不不不不！误会了，"涂晨北嘴皮子比拨浪鼓还快，"就是朋友，特好的朋友。"

"噢……"许烁爸爸拉长音停顿了一会儿，"你们年轻人都流行亲自接朋友上班？"

"不不不不不不不！叔叔，"涂晨北喝了口茶缓缓，"就昨天吧，许烁给我打电话，说她被跟踪了，我担心，就……"

"这样啊……"许烁爸爸又念叨着，如梦初醒般醒悟过来，"等下，她被跟踪了？"

"这不是怕您担心嘛。"涂晨北挠挠头，"马上过年了，治安乱点，正常。"

"也是，那我这几天多关注她。"

.083.

"得嘞。"涂晨北环顾许烁家里，虽然是平层，宽敞通透，清早阳光普照，比他家一天到晚的压抑样儿好不知多少倍，"阿姨不在家啊？"

"她上班早，我闲，等十点再出门。"

涂晨北"哦"了声，抬腕看表，这会儿才八点半。

许烁爸爸一拍大腿，说："这样，来都来了，送你几本书。"

"啊？"

涂晨北走进许烁家的书房，才知道许烁为什么那么爱汲取一些新知识。书房空间不小，书架是钉在墙上的，铺满了四面墙，就连书桌贴墙的空隙里，都塞满了书。迎面正中的书架上，基本都是老书、正书，有几本他看过的，左边是文艺类小说、诗歌，右边是传统戏剧，背后是消遣娱乐的小说。

"可以看看喜欢哪本。"

涂晨北有些拘谨地围着屋子转，书架里确实有很多具有典藏价值的旧书，他都看过了。唯独走到左边那一栏，他脚步顿住，抽出了那本双雪涛的《平原上的摩西》，翻开扉页，潦草地写着许烁的名字。

"噢，那本是烁烁的，双雪涛是她最喜欢的年轻作者。"

涂晨北翻着书笑："没事，叔，这本是我高中时送她的。"

"这么巧啊……"许烁爸爸乐呵了下，没多说。

最终涂晨北就挑了两本道家思想的书，许烁爸爸争着要捎他回家，他也没得推辞，路上两人一块儿吃了个早饭，一路上，许烁爸爸交代不少。

"年轻人，还是得起早点儿，多锻炼。"

"读书是好事，听烁烁说，你也有写书的想法，得多看，不能沉浸在自己的世界里……"

"你们出去玩，要注意安全……"

回到家，涂晨北把这些汇报给许烁，许烁觉得这事特好玩，讲给冯语听。结果冯语听完蹙起眉，扒着许烁的胳膊说："不得了了。"

"怎么？"

"你爸这是把涂晨北当女婿发展呢！"

"开玩笑……"许烁挠着后脑勺，说到后面，她也有点发虚。

"你仔细想想是不是？"冯语凝着脸色说。

"我倒觉得，涂晨北这两天有点怪，就跟……时日不多了一样。"

"什么意思？"

"就是……感觉他对我过于殷勤了。"

下班回家，许烁爸爸的心情看起来还挺乐呵，迎门对许烁说："你有空啊，多找小涂交流交流，你俩相处时间也不多了，好朋友啊……"

许烁压根儿没听清后面的话。一瞬间，她大脑发昏，萦绕着"你俩时间不多了"这几个字，耳边嗡嗡响。

"爸，啥时间不多了？"

"没咋。"许烁爸爸显然没懂她在问什么，踩鞋下楼锻炼，"我是说，寒假，寒假不就这一个多月嘛，再见面儿就得到夏天了。"

许烁看着爸爸故作自然的模样，像极了欲盖弥彰，身子一歪，瘫倒在沙发上。还真叫她猜准了？

要知道她预感一向很准，涂晨北，不会真得病了吧……

接下来三天，平安无事。

期间，涂晨北除了练车，就是往派出所跑。对面也没想到赵泽敢报警，要真打起官司来两败俱伤，他们理亏在先，最后弯弯绕绕谈下来，也就和解两清了。

尘埃落定，赵泽硬是要请涂晨北吃饭，预订好了餐厅，他也不能不去。

谁知，饭吃到一半，涂晨北的手机突然响了，许烁也叫他出来吃饭。

涂晨北说："好，我一会儿过去。"

挂了电话，赵泽在那头有心无心地说了句："你是真不会拒绝许烁啊。"

"为什么要拒绝许烁？要拒绝也是拒绝你。"涂晨北停下筷子，仰靠在座椅上，回怼赵泽。主要是这会儿也不敢吃太多，一会儿还要陪许烁吃，他百无聊赖地翻手机。

赵泽也停下筷子，说："其实，特别亲密的朋友，能玩到最后的特别少。有时候看着稳固，它其实最脆弱，太清楚彼此的痛点在哪儿，所以……"

"所以，"涂晨北话头压过赵泽，"有你的前车之鉴，我更确定我要加倍珍惜许烁。"

说完，他抬起杯子敬了下赵泽，拎上外套，说："走了。"

点开许烁的定位，涂晨北才发现她订的餐厅就在附近五十米的地方，太险了。揣着赵泽这档子事，涂晨北本就有点心虚，一推开餐厅的门，发现菜都上桌了，许烁交叠着手，端庄地坐在那儿等他，他心更虚了……

涂晨北在凳子上落定，屁股还没坐热，搓着手，说："外面真冷啊！"

许烁看着他说："吃吧，多吃点。"

涂晨北不明就里，本来也吃了七分饱，就谦让起来，让许烁多吃点，他没什么胃口。

这下气氛更诡异了。

许烁清清嗓子，开门见山地问："涂晨北，你是不是有事瞒我？"

事实上，每当许烁叫"涂晨北"这个大名的时候，就意味着说正事。

涂晨北心态有点崩，守口如瓶是他的准则，这件事最终也没真正伤害到许烁。但她要是知道被跟踪的罪魁祸首是赵泽，而自己串通赵泽瞒着她，再回忆起赵泽因为前女友跟她撕破脸的惨痛过往，她得难过死。

"啥事儿，"涂晨北开始打太极，"你是说我学车的事儿？嘶——我没跟你讲过吗？"

废话，难道买了车不学，放在那儿观赏？

许烁灵光乍现，对，他怎么突然决定买车，是不是因为时日不多了，所以想好好享受……

想到这里，她又生出一阵悲怆，心口隐隐作痛。

许烁也觉得自己太直白了。涂晨北要是真得了什么不治之症，怕她伤心，听她这么问，必然遮遮掩掩。

于是，她决定换个说法："你知道吗，失去最好的朋友真的很难过，所以你要有话直说。"

这话涂晨北好像在哪儿听过，想起来了，许烁在他家吃火锅那天，曾说过这句话。

他在心底分析了一下，如果她此处"最好的朋友"代指赵泽，那么应该是在提点他，让他把赵泽被威胁的事赶紧和盘托出。

但如果指代自己，那这是多么活生生的警告啊！

涂晨北打回旋镖，情义深重地望着她说："勺子，你也是我最好的朋友，哥们儿不能没有你……"

一旁的服务生看不下去两个人各怀鬼胎，走上前，撤掉了大鲈鱼下面的酒精灯，说："二位，菜快烧干了，还是趁热食用吧。"

许烁忧伤地说："嗯，好，谢谢您。"然后敲下盘子说，"多吃点，补身体。"

她看着涂晨北拎起筷子吃，心想他能得什么病呢。他四肢发达，头脑健全，体检指标也正常，没遗传病，难道是胃病？

想起他平日饮食清淡，今天来了也不动筷子，怕是有忌口的食物。许烁连忙按住涂晨北的筷子，说："不想吃可以不勉强。"

"真的？"

"嗯。"

于是一桌子饭菜都被许烁吃个精光。

（3）

许烁这两天都心神不宁，常常"垂死梦中惊坐起"，第一次梦见自己参加涂晨北的葬礼，第二次梦见涂晨北一个人在病床前没人照顾，醒来心疼得都快碎了。

一大早，她打开手机，看见涂晨北给她发来谢子贯洗出来的几张胶片，还有视频。无尽的旷野上，有白烟和水花，许烁莫名有种末日美学的苍凉之感。她翻开相册，发现自己和涂晨北连个正经单独合照都没有。

许烁坐起床，回复涂晨北：不行，微信会压缩视频，等下次见面你 drop（投送）给我吧。

这句话的重点当然是"下次见面"。

涂晨北不明就里，敲敲打打。

大耳朵涂：AirDrop（隔空投送）其实也会压缩。

大耳朵涂：差不多就行，太占内存。

像素小勺：[发怒]

大耳朵涂：要不咱俩建个共享相簿？

像素小勺：那是啥？

涂晨北发了三个省略号，但还是非常耐心地给她科普了一下共享相簿怎么开，许烁听完醍醐灌顶。

大耳朵涂：是时候见证奇迹了。

紧接着，许烁的相册里出现一栏新的方框，角落处有一个灰色的圆形"涂"字，而他把相册命名为"1"。

许烁质问他：你好敷衍。

涂晨北回道：不敷衍，谢子贯传完图就把相簿给删了，你是我相册里唯一一个异类入侵，标个1就清晰明了。

许烁不屑，回他：你也是我唯一的好吧。

聊天记录就卡在这儿，话风略怪。

涂晨北一向早睡早起，这会儿他已经出门溜达了一圈，开着电视坐在电脑跟前，构思故事。

出了好一会儿神，他再打开手机，瞧见许烁给他发：是不是说，我以后有图想给你看，直接加进相册就好啦？

大耳朵涂：是的。

很快，相册里就被加进几张搞怪抓拍，有涂晨北头顶盘子发愣，有他把墨镜和口罩戴在后脑勺的诡异人脸，也有某一瞬间捕捉的绝美侧脸。

唯独没有两人的单独合照。

许烁也发现这件怪事，她越是和普通同学出游，越出片。反而跟涂晨北，每个假期低头不见抬头见，就没有一丝一毫拍照的意愿，就很奇怪。

于是，她敲了敲冯语，问周末要不要去河滩放烟花，叫上涂晨北和谢子贯。冯语说没问题，许烁于是在备忘录里打下"12.24晚，储江河滩不见不散"，截图放在相册里。

大约过了三四个小时，对面也在相簿里添加了一张备忘录截图，上面写着：好好好好，收到。

当天，许烁穿着咖色系的毛衣长外套、直筒裤，前一天因为黑发长了出来，顺势染回了黑色，她人生得瘦瘦高高，看上去又帅又美，以至于和冯语碰面时，对方惊呼："许烁，你是不是背着我谈恋爱了？"

"何出此言？"

"感觉你在'孔雀开屏'。"

许烁没接她的话，把一台相机拍进冯语手里，说："帮我和涂晨北多拍几张合照。"

"你俩有情况啊？"

"没有的事，"许烁轻叹一声，"我觉得涂晨北有事瞒我。"

"什么事？"

许烁凑近，拧紧眉心，酝酿半晌，危言耸听："我觉得他大限将至。"

冯语吓得捂住嘴："他有什么迹象吗？"

许烁从涂晨北决定买车、接她上班，到不爱吃饭、讲话欲盖弥彰，行迹神秘等等一系列来证实她的梦境。冯语听完，信息噎在喉里，半天得出一个结论。

"许烁。"

"嗯？"

"我觉得他挺健康的。"

"真的假的？"

"但他可能喜欢上你了。"

"呵，"许烁冷笑一声，"涂晨北不会喜欢上我。"

谢子贯开着他那辆小面包车来的。夜幕转黑，暗到看不清几步外的人脸，冯语拽着许烁感叹："谢子贯不会剪短发了吧，这个气质从远处看好帅。"

许烁无语，说："你再看看，那是涂晨北。"

谢子贯去滩涂高处停车，涂晨北抱着一个纸箱子走来，往地上一撂。许烁打着手电筒窥看里面，只见五颜六色的，粉蓝色喷花小圆锥、黄色飞天向阳花、肉桂色乖乖兔、小猫钓鱼、细长的仙女棒，还有一捆方形大烟花。

"你要把咱们炸了同归于尽吗？"许烁呆呆问道。

冯语悄悄撞她一下，哪有这么说话的。

"你不是想放烟花吗？"涂晨北搓着因为抱箱子而冻僵的手说。

"不是，烟花它……"许烁很难给他解释，烟花只是个辅助，况且她指的是普通仙女棒，不是这么一大箱子烟花，但她无法推却他的好意，最终只能问出口，"你在哪儿买到的这些？"

"谢老板朋友私进的货。他们电影学院嘛，毕业生干啥的都有，卖电子烟的，当婚庆司仪的，这两年放开了，也有人兼职卖炮仗。"

许烁哭笑不得："你是真支持人家生意。"

涂晨北把手揣进棉服袖子里，说："今儿个就给放完吧，搬来搬去不方便。"

三人无言了一阵。许烁贴着涂晨北站，见他只穿了件榨菜色的毛衣和薄外套，一溜儿脖子露在外面，冻得耳朵发红。

涂晨北头正埋在领子里哈气，突然感觉手被人扯住，暖呼呼的。他低头，逮见许烁把兜里揣的电暖手宝塞进他手里，小猫爪模样的塑料壳上还闪着光，特别可爱。

涂晨北看了一眼许烁，她把手揣进兜里，示意他拿着用。

冯语在对面看得一清二楚，她不明白这两人明明一句话都没说，这个场面怎么看着这么甜。

想起来许烁的嘱咐，冯语的眼睛瞄在取景框里，说："你俩今天穿的颜色好出片，来拍几张。"

涂晨北："我跟许烁？"

"怎么，我们烁烁不好看吗？看把你委屈的。"冯语用开玩笑的语气怼他。

"没。"涂晨北挠挠后脑勺，"就是我俩太熟了，有点怪。"虽然这么说，他还是凑到许烁背后，手搭在许烁肩上看镜头。

"好朋友才应该多拍照片呢，"冯语边按快门边说，"跟半熟不熟的人都有合照，反而最亲密的人没点念想，多遗憾。"

涂晨北听完点点头，去扯许烁的头发，说："听见没，以后多跟我拍照。"

许烁作势用胳膊肘往后撞他，冯语抓拍，向这边吆喝："你俩自然点，又不是拍结婚照，至于这么板着吗？"

许烁抬眼去找涂晨北，说："听见没，自然点。"

"咱俩谁不自然？"涂晨北捏住许烁的鼻子。

"撒手撒手撒手！我的粉底被你蹭掉了。"

"没事，素颜也好看。"

等谢子贯到的时候，正巧冯语在预览相片，他跟着看了几眼，皱眉问："这你拍的？"

冯语犹豫着点点头。

谢子贯摇摇头："这么好的模特条件，可惜喽。"

冯语："那你来？"

许烁这台是停产的柯达，色彩很好看，但雾蒙蒙的效果，在河滩上并不适配。谢子贯摸索了会儿，去调了个模式，拉近焦，叫那边拆烟花的两人过来。

"想要酷的，还是文艺的？"

"酷的，一看就不好惹的那种！"许烁来劲儿了，贼兴奋。

涂晨北在一旁默默心想：你看我长得像不好惹的样子吗？

谢子贯懂点潮流，指导许烁摆出手势，昂头对着镜头开枪，傻瓜相机也就自动对焦在手指上，朦朦胧胧的后景里，涂晨北的脸歪在许烁手指间隙，眯着一只眼痞笑。再比如谢子贯躺倒在地上，涂晨北在前景半蹲，许烁在后景呈一条线，借位搂他脖子，成片趣味性特别强。

折腾了一会儿，大家点了几支仙女棒和小喷花，河滩也渐渐冷下来，谢子贯从车上抬下一个简易帐篷，四个人钻进去取暖。

谢导的电影节片子粗剪刚完成，这会儿他再过一遍，盘着腿弯腰修素材。冯语把存储卡取出来，许烁带了手机转换器，不一会儿就把成片导进相册，津津有味地筛选。

见涂晨北无所事事地眯着眼养神，谢子贯随口问他："上次我搁加油站说的许烁那事儿，你俩搞清楚没？"

许烁听见自个儿名字，抬头问："我啥事儿？"

"有人跟踪你呗。"

"有人……跟踪我？"许烁脑子有点混乱，她确实疑似被人跟踪了，但谢子贯不该知道这件事，"怎么个意思？"

她的目光投向涂晨北。

谢子贯这才发现，涂晨北这头是瞒着许烁的，他默默低下脑袋，心中一万个"对不起兄弟"奔腾而过。

许烁如梦初醒，对涂晨北说："我说你最近怪怪的，原来是……"

涂晨北非常难办，抓了把头发，说："赵泽出了点事儿。"

他把事情掐头去尾地解释了一遍。

"意思是，赵泽的女朋友跟他闹分手，看我不顺眼，要打击报复我？"

"差不多……"

涂晨北没有说赵泽被骗子作坊整了阴阳合同这出，毕竟这是赵泽的隐私，跟许烁关系也不大，就挑重点讲了。讲完他以为许烁会生气，或者至少别扭一下，结果许烁就问了他一句："你确定没别的事儿了吗？"

"我确定。"

"吓死我了……"许烁长呼一口气，埋在冯语怀里。

冯语解释给愣住的涂晨北听："她最近心态爆炸了，以为你得了什么不治之症，又是接她上班，又是食不下咽的，今天约你出来，就是想跟你拍张照，怕你死了后没念想。"

谢子贯留了半只耳朵听故事，听到后半段，直接笑出声："哈哈哈哈哈哈哈！你怎么就快死了？哈哈哈哈哈哈……"

涂晨北也接腔："对啊，你怎么会以为我要死了？"

许烁也疑惑，这件事的起因只是涂晨北最近对自己太上心。误会加上误会，最后说开来，怪丢人的。

许烁随口糊弄过去："哎呀，反正你没事就行，当我犯病行了吧，都好好活着啊！"

说着，她还看向谢子贯："你也是，别哪天创作到走火入魔去寻死。"

谢子贯直接戳破她："你就别拉上我欲盖弥彰了，换别人你管都不管。"

最终，这件事被当一个"包袱"，抖一抖，也就抖落干净了。只有涂晨北抱腿坐着，下半张脸缩进衣领里，捂着嘴偷乐。

许烁捂脸，笑趴倒在涂晨北肩头，说："你别笑了……"

因为实在离谱，许烁的语气里带了些商量的成分，外人听着更像撒娇。冯语朝谢子贯无声"噫"了下，谢子贯摇头失笑。

涂晨北说"我的错"，随后敛住笑，很认真地向许烁道歉："这事我真不该瞒你，就是怕你再因为赵泽那点破事难过。"

"不会，"许烁很释然，"谁会因为赵泽难过啊？"

"真的？"涂晨北伸出手，和她拉钩，"不许多想。"

"拉钩上吊，谁说谎谁是小王八。"许烁钩住他的手指。

结果涂晨北没松手，直接借力拉她起身，说："放烟花去。"

他们钻出帐篷，一望无际的滩涂，只有对岸的高楼广告屏在闪烁，涂晨北躬身去点了个小圆锥烟花，小跑着回到许烁身边。

焰火只有许烁那么高，立地飞溅，劲儿不大，明亮到让人恍惚，在明黄色的荧光里，他们注视着彼此。

许烁和涂晨北都揣着兜，没说话，看着焰火燃尽，再去摆下一个，继续点，继续看。

许烁这辈了没看过这么多支连放的烟花，看到最后，只剩视觉暂留，烟花尾巴像被过掉的废胶片，令人遗憾。

燃到最后，许烁的视线投向涂晨北，沉默地把自己埋在衣领里，

脚一下一下地划着地上的石子，像抿着笑意，又像没有。

"笑什么？"

"觉得咱俩好玩，别人放个烟花都是为了氛围，咱是隔岸观火。"

许烁笑了两声："涂涂，以后万一你有女朋友，她说要放烟花，一定别买一箱，太傻了。"

"你嫌我傻？"

"你可真会抓重点。"许烁无奈，"我是说你未来女朋友，她又不像咱俩这交情。"

"不会。"涂晨北搁下这么没头没尾的一句。

"什么不会？"

"没什么。"涂晨北哈了口气，许烁给他的暖手宝都凉在了兜里，"我未来女朋友，必然不会嫌弃我。"

"嘁，"许烁把暖手宝从他兜里抢回来，"都冷了。"

她跑回帐篷连充电宝加热，再拨开帘子，涂晨北已经把大烟花踢到空地上，把打火机隔空扔给她。

"你点。"

"我……点了啊？"许烁惜命，蹲大老远，仰着后背颤颤巍巍去点引线，河滩风大，第一次压根儿没点着。见半天没反应，她才又勾着身子去点，然后不管三七二十一，往来的方向跑。

涂晨北胳膊长，斜了下身子，一把捞住她，说："可以了，可以了……"

许烁兴奋地扭头，引线正无声蔓延，在地平面的寂寥中一飞冲天，窜起鸣叫，发出"嘭嘭"的声响。

这个烟花不似节日礼花那样艳俗，它近乎是纯白色的，在空中划出一条线，更像流星。

涂晨北撞她一下，催她："快许愿。"

"这算什么人工许愿池嘛！"

"这是涂晨北的许愿池，限时一分钟，都能给你实现。"

许烁没有祝祷，也没有闭眼，相反，她一动不动地盯着天上的白光，直至它的尾巴彻底消逝在深空中。

"许了吗？"

"没许。"

"为什么？"

"等现在。"

许烁狡黠一笑，对着空寂的天空大喊："我要涂晨北一直自由——

"我要涂晨北身体健康——

"我要和涂晨北保持最没有嫌隙的关系——"

三句话出口，像小石子被投掷进海水，沉没进无垠的多维空间。

涂晨北捡起一块小石子扔她，说："好没技术含量的愿望啊！"

"因为我不需要愿望。"许烁笑得很灿烂，当她笑很深的时候，右半边脸会出现浅浅的酒窝。

"我想要的我都会拿到，而我想让你做的这三件，不需要许愿，

涂晨北会办到一切。"

涂晨北冷哼了声，还在踹脚下的小石子，没说话。

许烁瞧他那样，扫了一小石子过去，说："可以大方乐，别偷摸开心。"

涂晨北愣了下，随即干笑出来，咧着嘴，也不知道乐呵啥，摇摇头。

帐篷里，谢子贯剪完素材，被许烁那三声对天怒吼引出来，叉着腰看两人，骂他们："你俩生怕别人不知道谁在放烟花？"

回程的路上，谢子贯开着他那辆小面包车，老规矩，先送冯语，再送许烁，最后捎带涂晨北回家。

冯语依次跟大家挥手告了别，许烁晃晃悠悠地从后视镜里确认她上了楼，一边扒住谢子贯的后座椅，蹬了他一下。

"喂，谢老板。"

"嗯？"谢子贯没回头，随便应了句。

"你对冯语到底什么态度？"

"你什么时候也变八卦了？"谢子贯单手打着方向盘，不以为意。

"没，就觉得你要不喜欢就早点说，喜欢或者觉得能发展发展，得递给她点迹象……就跟你拍电影似的，不也得给观众缓冲下？我怕你一下给到，她受不住。"

话出口半天，车里也安安静静没人应答。许烁自觉没趣，就把身子靠后座上了。

过了好一会儿，谢子贯才迟钝地答道："难说这个。"

"难说也得说说吧。"许烁眼又亮了。

直到一个红绿灯口，谢子贯慢悠悠地踩着刹车，说："也好解释，谈对象耽误事，但冯语也不是将就的姑娘，所以她找我，我就应；她不找我，我也不主动凑，就这回事。"

"恕我直言，你有点坏。"

"还行吧。"谢子贯透过后视镜，喊了声眺望窗外的涂晨北，"你不信问涂涂，男的都这样。"

许烁把眼神挪向身边的涂晨北，问："你也这么想？"

"可别代表我，我清楚自己喜欢什么。"车后排光线很黑，说这话时，涂晨北刚好把头扭过来，清亮的眼睛像车窗上的水滴，划破雾气，就在眼前了。

许烁也不知道为什么，脑海里只有这五个字——就在眼前了。

她放空了下脑子，想想是太困，虎头虎脑地收了尾，笑着说道："谢老板，能理解，换成是我，以后指不定也随便找个人谈谈得了。"

说完，她仰在座椅上眯眼小憩，说到了叫她。

"是吧，就说咱俩性格像。"谢子贯也虎头虎脑地回，没当回事。

三个人的车上，一时寂静无比，只有涂晨北垂着脑袋听，他这一路沉默到反常。

离家还有一段路程，小面包车的车座椅背没什么曲线，很硬，许烁被硌得睡不踏实，腰连带着颈椎挪来挪去好几次，歪着脑袋靠

窗侧睡。

窗户湿凉，还容易撞到脑袋，涂晨北索性捞过许烁的头，揽到自己肩膀上，冬天厚实的外套像个枕头，许烁垫在上面，也能舒服点。

她就这么一直躺在他的颈窝里，过了好几个减速带，在颠簸里，许烁没有熟睡，也没能清醒。她不敢睁眼，因为似乎只要闭上眼，就能假装看不见她和涂晨北之间那些翻滚的气泡，像热水烧开前的滋声撞击。

借谢老板吉言，第二天刚坐定，冯语鬼鬼祟祟地冒到许烁工位后，说："你猜我看到什么了？"

"什么？"许烁无精打采地问。

因为揣着和涂晨北关系上的那点心思，她自个儿也说不上是自作多情还是当局者清，苦恼到凌晨都没睡着觉，这会儿整个人都耷拉着。

"咱们的烟花！"冯语激动地把手机举到许烁眼前，上面显示着短视频的界面，是河滩旁居民楼的视角，一道白色焰火像鱼游过许愿池，点亮了那片夜。

评论区除了夸烟花好看，就是感叹现在年轻人表白的花样真多。

冯语按了两格侧键，背景音里隐约还能听到"涂晨北……健康……自由……"等字眼。许烁扶额，这下丢人丢大发了，还好被叫的不是自己的名字。

许烁按住冯语的手机，清清嗓子说："问你个事儿？"

"你讲。"

"怎么在不冒犯，且不打草惊蛇的情况下，判断一个男的对你有没有意思？"

"这得看那男的什么类型。内向还是'社牛'，'海王'还是闷葫芦，阴郁还是阳光……"

"内向，闷葫芦，阳光。"

冯语坐在许烁桌子上，想了半刻，说："这种人遇到喜欢的，会变得不那么光明磊落，话少，但时不时主动找话题试探一二。"

许烁刚抬眼说你还挺有经验，这边就来了条涂晨北的微信消息。

大耳朵涂：昨儿个拍的图发发。

冯语努力想印证自己说的话，笑着说："哟，这一早消息就来了，谁啊？"

"没谁，"许烁耸肩一乐，"涂晨北，问我要照片来着。"

"哦——"冯语拐着语调，顺便拐着身子偷瞄吃瓜，被许烁赶回了自己的位置。

没过几分钟，许烁打开朋友圈，只见"涂晨北"的备注下，有九张像明星大片似的双人合照，和许烁交错而立，在夜光下显得帅气又暧昧。

冯语在这条下随手点了个赞，随即切到和许烁的聊天框，发了

几条语音：

"姐妹，恕我直言，假设那个人是涂晨北，照理说他够光明磊落，应该不会。"

"但是吧。"

"障眼法也不一定。"

（4）

许烁决定疏远涂晨北一阵子。

饭菜烫嘴的时候，晾一晾就好吃了，同理，人来往太火热的时候，也得适当降降温。具体体现在，她没在朋友圈发那组照片，也有几天没和涂晨北见面。

眼瞧着要跨年了，涂晨北带着张待映电影截图来拜访她，问要不要一起去看。是部文艺片，许烁知道他没兴趣。

许烁跟涂晨北沟通从不过脑子，随口说跨年夜当然要和家人一起过，下次再约。

但事实上，每年妈妈一般会和邻居阿姨们打牌，爸爸一个人喝茶，留下她捧着遥控器四处换台。

许烁熄了手机，坐在卧室的转椅上转了两圈，思考片刻，把电话拨给了冯语，问她跨年有什么安排，去不去唱个歌或者喝点酒。

冯语在那头想了想，问："就咱们两个人？"

"你要想热闹的话多找点朋友呗，"许烁腿跷在书桌上，夹着电话乐，"我想看帅哥。"

"得了吧，涂晨北不够你看的？"

"看腻了，换换。"

日子很快到了三十号当天，冯语和许烁相约会合在榆临附近的一套民宿社区，这一排基本都是私人小洋房，她们租的这一栋业主是个年轻人，家里堆了很多街机和桌游，小花园里烧烤、泳池一应俱全。

冯语起初叫来了台里融媒体部门的两个年轻男编导，平时工作里交集不多，纯饭搭子。她揣着给许烁物色帅哥的任务，借口人多热闹，让那两个编导叫来了文娱新闻模块的实习主持林周执。

黄昏将至，许烁去夜市买了啤酒和奶茶才进门，没想到最早到的人是林周执。

对方正端坐在单人沙发上翻手机，茶几上都备好了切盘水果和杯装饮品，他抬眼跟刚进门的许烁对视一笑，说："你好，你就是许烁吧。"

"你认识我啊？"许烁把包摘下，挂好大衣。林周执起身帮她放置手里的东西，起身时再看了眼她的头发。

"在台里碰面过几次。你当时深红头发，还蛮有辨识度的，一直想主动认识你来着。"

"但你也没有主动来跟我讲话呀。"许烁用开玩笑的语气说，去喝林周执提前准备好的果茶。

"现在认识也不晚。"他叠着手笑笑，心情稍放松些，仰坐进沙发。

许烁这才注意到他的模样。尽管气质周正，但外貌并不是典型播音员的模样，相反，他有些痞气，在私服的衬托下更晃眼。

"你比镜头前更有特色。"

"在夸我吗？"

"算陈述事实。"许烁托腮架在扶手上，歪头看他。

她发现做幕前的人大多在社交中都敢于正视对方的眼睛，对话间隙他不会乱瞟更不会低头，直白到像眼神吸附在她身上。

许烁自觉面对帅哥败下阵来，又聊了三两句，挠挠头，垂眼去扒拉聊天消息。她的手机就放在腿上，一刷新就有了两条消息。

大耳朵涂：科目二过。

大耳朵涂：甚至能赶在你开学前把车学完。

许烁回过去一个无敌炫彩旋转"6"。

大耳朵涂：楼下有只大黄猫。

大耳朵涂：我准备下楼跟它聊聊天。

许烁正措辞回他什么，突然被林周执的话音叫得抬头。

"你在哪里读书，读大几啊？"

"朝大，大三。你呢？"许烁默默熄掉屏幕，表示对对方的尊重。

"好巧，我朝传的，大四。"

"厉害哦，我记得你们学校播音是王牌专业。"

"也还好，一个专业四五十人，哪能人人是王牌？"

"拜托自信点，你很红。"许烁想起台里的官方账号，全靠他的播音片段扛起半边天。

"打拳皇吗？"没想到林周执话题如此跳跃，许烁瞥向客厅旁的游戏机。

"会一点。"

嘴上说着会一点，许烁的技术丝毫不比林周执差，几轮下来他都败在许烁拳下。

这时候冯语推门进来，许烁刚好找机会走掉，和冯语一同提前布置夜晚的小院。

趁林周执在屋里忙，冯语铺着桌布问许烁："和帅哥聊得怎么样？我可是提前通知了半小时，给你创造机会来着。"

"你真是……"许烁指着冯语哭笑不得，不知该夸她仗义还是心眼子够多。

"说说嘛。"

"真想听？"

"嗯。"

许烁清清嗓子，神情凝重地道："刚刚这半个小时，我仿佛录制了一场恋综男女嘉宾见面场景。"

"那采访你一下，有没有对我们帅气的男一号心动呢？"

"嗯……"许烁一副嘉宾的腔调，"哥哥很贴心也很有魅力，真的有在照顾我，和他聊天会忍不住直视他的眼睛……当然啦，接下来需要再相处，互相了解……"

冯语直接笑趴，埋在许烁肩头吐槽："我觉得你可能这辈子都找不到对象了……"

正乐着，两个男编导也陆续进到小院里，两个人做朋友的契机也特别巧，一个叫左路，一个叫陆路，他们俩毕业两年，还都是正式工，在一个部门，导致每次他们老大呼唤单字的时候，两人都会同时认领那个"路"。

"笑什么呢，这么开心？"左路走进阳台。

"路！路！"许烁一口叫俩，招呼过来，"你俩把幕布挂了。"

说着她把投屏的卷布递到陆路手里，自己跑去客厅喝果茶。她刚迈出门，左路就撞冯语，挤眉弄眼地问："你俩笑啥，说来听听。"

"能笑啥，林周执这么个大帅哥摆她面前，许烁跟人家玩拳皇。"

"这不是挺和谐？林周执平时在台里跟女生都不太说话。"

"真的假的？"冯语饶有兴致地抬头，企图替姐妹抓住这大好姻缘，"但刚刚许烁压着他打，我都不忍心听。"

"不可能，绝对是林周执让她了。"

许烁丝毫不知"后院起火"，在客厅，林周执拿着电视盒子问她一会儿想看什么电影，"国内还是国外的""喜欢看文艺片吗"等等。

说到文艺片，许烁脑子里不知怎么就想起涂晨北问她一起跨年吗，要不要一起看的那部文艺电影。

他明明不喜欢文艺片的。

她明明也没有跟家人跨年。

许烁心里冒出点小愧疚，挥挥手说："这么多人，看什么文艺片啊，我们看《一年一度喜剧大赛》吧！"

"原来你喜欢这个啊！"林周执挠挠头。

牧里严格来说算不太北的北方，有暖气，烘得人耳朵发红。许烁脱掉毛坎马甲，只剩一件绸褐色的敞口衬衫松松掖在裤沿，她坐定在沙发里。

林周执不知何时移到一旁，给许烁递遥控器。不通风的温室里，两人距离很近，不知是出于绅士礼仪还是有感而发，他做出嗅闻的动作，抬了下眼皮。

"你喷的哪一款香水，好特别。"

"东京愈疮木。"

"一直想买来着，有无线上渠道推推？国内就一处专柜，去一趟嫌麻烦。"

"抱歉噢，我朋友送的，不太清楚。"

"噢——"林周执轻轻拖长尾音，"男朋友吗？"

"好朋友。"

林周执抱住膝盖，仰了仰头，可能觉得突然冷场，就沉默地盯着电视一阵。

许烁有点出神。

东京愈疮木，很特殊的味道。

许烁不了解这些，如果真让她形容，那就是断截的树枝、咬碎的奶片和混着干草的水汽，若即若离的清澈。

这是东京的城市限定款，在这个偶然的夏天，涂晨北跟着邹立屏女士去日本办事。进到专柜，店员在试香，涂晨北在闻到这个味道的那刻，就想到了许烁。

正巧快到许烁生日，涂晨北就买了下来，送给了她。

后来许烁带到学校，不止一次被眼尖的同学问："这款我记得在国内买不到。"

许烁解释说朋友送的，几乎所有人都对她说了这么一句话："你朋友对你真的很好，不是钱的问题。"

冯语擦擦手从花园走进门，见许烁和林周执紧挨着坐，双双沉默，叫起了发呆的许烁去厨房拆几个一次性餐具，然后掩上门，朝她眼前晃了晃。

"烁，我发现你在林周执面前含蓄了，不像你做派。"

"因为没得话可聊。"

冯语对着她脑门儿来了一下，许烁忙捂住头喊疼。

"我说，你是不是准备单身一辈子？"

"帅哥嘛，就是用来欣赏的，处了就不帅了。"

"拜托，他可是林周执，你随便谈谈也不亏！"

"随便谈谈也不亏……"许烁欠嗖嗖地仿着冯语的话音，吞了一瓣橙子，"拜托，我可是许烁，想被我看上，得再努力吧。"

说完她向冯语吐了截舌头。

冯语嘟嘛了一句烂泥扶不上墙，一抬头，发现窗外的夜都变成蓝色，再一叩屏幕，都已经傍晚七点半。估算着时间要开饭，两人刚走到花园，就听见左路对着灶台叉腰，喊："这火打不着啊……"

烧烤都还好，能用架子烧炭火，问题是他们买来一条烤鱼，不加热就没法吃。许烁回想来的路上，在社区门口就有卖酒精灯的，于是拎上外套往外走，说："我去买。"

林周执随即也跟着她去玄关换鞋，说："大晚上一个姑娘不安全。"

等两人出了门，室内三位异口同声爆发出惊叹。

许烁插着兜走在路上，跟林周执一前一后。他在便利店争着付了钱，想想也就二十来块，许烁没计较，忽然听到身后声音问："你有没有特别喜欢吃的，或者特别不喜欢吃的？"

"还真没有，我杂食，"她笑笑，"怎么了？"

"没有，就是想多了解你一些。"

"为什么对我上心呢？还是你对每个女孩的必要流程？"许烁边走边晃着身子问，没什么特殊含义，纯好奇。

林周执愣了下，说："你性格比较自然嘛，大家都喜欢你，我自然也好奇一些。"

许烁咬了咬嘴唇，思考片刻，说："合理。"

审判完对面的答复，两人一直快走到独栋小洋房门口，能隐约越过围栏看见小院里的冯语。许烁突然想到涂晨北的消息还没回复，便摆摆手让林周执先进屋。

还没等两人分道扬镳，许烁目光一闪，看到了一身熟悉的穿搭。

隔壁洋房的院门是敞开的，只见一个穿着大黑马甲灰卫衣、踩着毛绒洞洞拖鞋的身影，蜷坐在庭院石牙子边，怀里抱起一只金黄色的胖猫，安静地待在那里。

只一瞬，对面院里的男生抬眼，正好与许烁对视，一下印证了她以为是错觉的猜想。

涂晨北？

许烁仰头看看建筑，再看看他。同样，涂晨北也远远地起身，抱着猫往门外去确认。

在距离不到五米的时候，大胖猫从涂晨北怀里猛地跳下，留下他胳膊卡在那里，还挺尴尬的，他甩甩手。

林周执还没走，顺着许烁眼神的方向，跟涂晨北面对面，转过头问她："熟人？"

涂晨北神情明显僵了一下，勉强客套一笑："好巧。"

"我俩聊两句，你先回去？"许烁把酒精灯塞给林周执，小跑两步到涂晨北院门前，跟他保持大约一米距离，"这也是你家？"

"嗯，旧房子。"

"是巧……"许烁用脚碾地上的石子，又不安地踩了踩石阶，"那个，我们在隔壁，噢，冯语也在，你要不要来一起……"

"不用了，我那个，我也有事，"涂晨北搓搓衣服，退回庭院里，比出往里请的手势，语气却更像在送客，"你不是要陪你家人跨年吗？那新年快乐。"

"新年……"

还没等许烁磕磕绊绊地说出"新年快乐"这四个字，涂晨北已经砰地把院门合上了。

"新年快乐……"许烁撇撇嘴，还是对着门院，小声嘟囔完了这四个字。

所以为什么要对朋友撒谎呢？许烁满心只有这么一个疑问。

它既不善意，也不必要，当时好像只觉得是涂晨北所以没关系，反正她冷一冷涂晨北，他还是会主动凑上门。

微信聊天界面还停留在"楼下有只大黄猫"和"我准备下楼和它聊聊天"，三层阁楼里亮起的灯足够说明，这又是涂晨北一个人的跨年夜，只有流浪小猫陪他说说话。

许烁这时候就在想，如果她是涂晨北，这得有多难过啊！

冯语远远瞧见许烁站在别人家院门口发呆，吆喝她打道回府。进到室内，开锅的氛围跟食物一样火热，然而许烁却蔫儿了。

沸腾的热气里，大家围坐在一起，看着电视里热闹的喜剧。透过小院，恰好能看到隔壁那栋矮矮的楼，煞黑的夜里，藏着一面暖黄的窗。桌上开了几瓶啤酒，几人举杯相碰，许烁微笑着祝大家新年快乐，随即又埋头打字，删删改改。

晚会儿一起跨年吧……

不行，删删删。

你生我气了吗……

不行，太直白。

. 113 .

涂涂，开门，勺子。

不行，太没心没肺。

……

涂晨北在手机那头，看对面一直输入，手停在键盘上许久，最后也没等来她的消息。心情就好像卡在过山车顶头，做好了往下俯冲的准备，结果它纹丝不动。

最后他决定放下手机去洗澡。在浴室里，他想了挺多。许烁无论是有新朋友，还是谈了男朋友，他理应替她开心。

但也说了，是理应。

许烁最终对着涂晨北家洋房的窗户，放大倍数拍了一张弱灯，敲下两行字：

我觉得你家太空了。

不如我去给你镇镇宅。

许烁勉强吃了点东西下肚，时不时地看手机有没有回复，但绿色的聊天框像垒砌的两块底砖，岿然不动。她耷拉下头，觉得眼前的饭跟眼前的人都不香了。

林周执率先发现她的异样，挪着折叠板凳，到她身边嘘寒问暖："看你从外面回来就蔫巴巴的。"

"没有，冻的。"

许烁本来想举起杯子去敬他，脑海里不知怎么就浮现出不久前的空地上，她也是这样仰坐在折叠椅里，跟涂晨北交杯相碰，溢出的泡沫填满相互的孔隙，一如他们的关系。

于是许烁又把手缩回来。

手机屏幕还是迟迟没有亮起。绿色的图标，许烁手指头一会儿戳一下，顶头的电量都从"77%"掉到了"61%"，无论是数字还是情绪，在空寂下都会被无限放大，聊天框还是一动不动。

涂晨北她再了解不过，手机软件不多，只开电话、短信和微信三项消息通知，消息浮到锁屏能忍住一下午不看，可遇到她的消息一向秒回。

这都一个小时了，他明明没有在忙。

一直到涂晨北洗了澡，吹了头，读了两章书以平复许烁给他带来的心灵创伤，他才打开手机，惊讶地发现许烁竟然给他主动来了消息。

他逐字打下"你和朋友好好玩吧"，思来想去，又在发出去前一刻删个精光，听起来酸不拉唧的。

打打删删，一条信息最后简化为两个字：不用。

许烁看到这两个字的时候，心都沉了，像身上绑着一块大石头，一下子把她所有高昂的兴致埋入海底。

她压住性子，打字回复：那你来找我嘛，一个人不如一起跨年。

这次对面倒是回复得很迅速：许烁，不用可怜我。

许烁后知后觉，她这是戳到涂晨北的伤心事了。涂晨北这人平时就是只温润小白狗，仰着肚皮，毫不设防地躺在你面前吐舌头，但一旦踩着他尾巴，他会立刻变成一只站岗小狗，油盐不进。

实际上，她看到这条消息，内心也很受伤，说不上来这种情绪

. 115 .

是愧疚或恐惧，紧接着一阵委屈涌上来，她感觉涂晨北在凶她。

冯语看许烁这副模样，关切道："你遇到什么事情啦？"

"冯冯，涂晨北好像生我气了……"

冯语听她委屈的声音一出来，心底就明白个大概，往许烁头顶虚抢了一拳，说："傻孩子，给他打电话说清楚啊！"

"可是贸然打电话，他会不会烦我……"

"打吧，"冯语拖长话音宽慰她，"他喜欢你还来不及呢。"

许烁将信将疑，起身拉开玻璃门进屋。房子是复式，她站在楼梯转角默默拨通电话。狭小的三角空间内，她都能听到自己的心跳。三声之后，电话通了，那边传来一句："什么事？"

不痛不痒的语气。

"你是不是生气了？"许烁开门见山，话虽硬，气势却是软的。

"我有什么好生气的。许烁，咱俩就是普通好朋友嘛，那你有你的空间，我有我的不是也很正常，你不用把我想得太可怜。"

涂晨北努力让自己的语气听起来平和又讲理一点，但许烁这边听来，就是带着责备和一点点撒娇，装腔作势的。

她不喜欢这套别别扭扭的说辞，立马质问："涂晨北，我在你这儿就一普通朋友是吗？我就不能关心你是不是？"

"是好朋友，那好朋友之间有什么不能坦坦荡荡的？不想回我信息就别回，不想跟我跨年那就不跨，你不用勉强的。"

"我不是……"

许烁都不知道该怎么辩解。能怎么说？难道说她觉得他俩关系已经超越友谊了，所以她要冷他一下？不可能这么说的。

许烁也着急，正抓耳挠腮不知怎么回答，就听见对面补了一句："没事就挂了吧。"

"不许挂！"许烁脱口而出，吓得要去按红键的涂晨北一哆嗦。

"涂晨北！你不许挂我电话！"许烁又重复了一遍，确认对面浅浅的呼吸声，表示涂晨北还在听，才放下了心，"不是你的原因，只是……只是提前跟同事们约好了，所以就……"

涂晨北伏在露台的栏杆上，看见隔壁花园里的青年男女和热闹的灯光，埋下头，声音听着有些疲惫。

"许烁，你知道吗，朋友间最忌讳说谎。一旦你扯一个无伤大雅的小借口，你就要牵扯更多的人、更多的场景去圆这一个场景。我不觉得只是这一件事，而是你这段时间对我的态度，让我没法不思考。"

"思考什么？"许烁的嗓音弱下来，她把微微发热的手机紧贴着耳朵，似乎意料到接下来他所说的话。

"在想，还有没有围着你转的必要。"

他疲倦的嗓音一经落地，窗外树下寒风刮走低空落叶。虽然有心理准备，但在听到这句话的时候，许烁内心还是漏跳了一拍。

"你下楼，我们聊聊。"许烁留下这么一句话，挂掉电话向外走。

走出小院的时候，冯语问了句："你去哪儿？"

许烁晃晃手机，说："去给'小狗'顺毛。"

一推开门，正对面的大树荫里已经站着一个人，他踩着花坛边

沿，个子高高瘦瘦，双手插在兜里，半耷拉着脑袋。

许烁没头没尾地"喂"了一声，他也没应答，她只好上前，很暴力地揉了把涂晨北的头顶，说："没必要。"

"没必要什么？"涂晨北别过头，没反应过来她这贸然说的三个字指的是什么。

"我说，你没有围着我打转的必要。"许烁的声音是那么决然，反倒让涂晨北有点接不住。

"那没什么好聊的，我先走了。"他转身往来的方向回去，谈不上来什么心情。

"涂晨北，你要是真不想跟我做朋友，你就不会下楼。"

"所以我到底怎么做才对，许烁？"涂晨北的语气里只剩深深的无力。

"其实我今天本来都决定不聊这件事，就当我没有在院门口碰见过你，明天开开心心迎接新一年，但你主动找我了啊。我就想，我们关系这么好，我至少要坦诚吧。但你没有。"

他分明什么都没做错，可这会儿说话就像个做错事的小孩，面对未知的惩戒而垂头丧气。

"你没有围着我打转的必要，是因为我也不是什么太阳，你没必要围着我公转，我们是平等的好朋友。正因我把你当作好朋友，才叫你见面，能聊出什么结果吗？不会的。见到你，只是心安。"

如果说起初许烁还是面红耳赤，说到最后，她的语气也慢慢平和下来。

她上前一步，近到她的翻毛皮布鞋头几乎碰到涂晨北的拖鞋，像哄小孩一样地说："对不起嘛……"

涂晨北插兜，微微晃了下身体，仰了仰头看天上的月亮，被蓬密的树冠挡了大半。

半天，他就冒出来一句："许勺子，你冬天穿布鞋不冷吗？"

许烁瞧着他直冒傻气，扑哧也笑了。

"你看你现在的样子，黏黏糊糊的。"

涂晨北歪了歪嘴，更用力地踢小石子。快一米八五的个子，一副智商不超过 85 的模样。许烁合理怀疑涂晨北上辈子就是个妹妹，娇滴滴能拧出来水的那种。

许烁拽了拽他的衣角，涂晨北同她对视，然后给了她一个大大的熊抱。

是的，熊抱，涂晨北裹着厚衣服，像一只大熊，攥着拳头缩进袖口，笨拙地上下挧了挧许烁，小声嘀咕："原谅你啦。"

"什么？我听不见——"许烁扯着嗓子乱号。

"我说，不原谅。"

涂晨北也拖长音逗她，"不原谅"三个字咬得极重。

许烁装聋作哑，从涂晨北的熊抱里钻出来，说："走，我要把你介绍给我的同事们认识。"

"又不是家属，介绍什么介绍？"

"嘶，乱说，'狗狗'也是我家庭的一分子。"

"许烁。"涂晨北叫住她。

"怎么啦？"

"朋友吧，其实很像手机软件，有它的功能标签，玩乐、工作、学习、交心……每一种正因具备不同的生态，才得以服务于你的心情。你拥有不该被破坏的交友自由，所以，我就不去了。"

说完，他推着许烁进门，说："快去吧。"

回到小院，许烁坐在门口的石头台阶上好一会儿，在想整件事的来龙去脉，在想涂晨北这么好说话，她一道歉就原谅，连个缓冲都没有，以后被人骗了该怎么办。

她想，如果把她置换成涂晨北，他有了新的朋友，敷衍地拒绝她一起跨年的请求，又恰巧在这天撞见，他还试图说谎圆过去。那她当即一定会失望至极，断绝来往。

心里挺不是滋味的，像一颗智齿发炎，牵动着神经，酸酸胀胀，而后思绪被这一件事占满。

许烁蜷着身子趴在腿上，侧头看世界是翻转的，远远的小楼张灯结彩，萧瑟处却有一只飞鸟掠过。她趴着趴着，莫名有一串眼泪顺着侧脸划落耳边，洇开在袖口。

不是委屈，是一种复杂的难过。

屋里三个男生这会儿按着手柄在玩电视游戏，冯语裹上外套，想去看看许烁如何，没想到一推开门，一个单薄的身影就孤零零地窝在那里，一声不吭。

冯语还没问出口，蹲下就看见许烁侧着脸，悄悄落泪，忙抚上她后背，轻声问："烁烁，你怎么哭了？"

许烁本来也还好，被这么一问，突然抱住冯语，埋在她肩头微微颤动。没过一会儿，冯语胸口湿了一片。

"他欺负你啦？"

许烁摇摇头，破涕为笑："没有，涂晨北特别好……"

冯语撩起衣服陪她坐下，娓娓道来："其实吧，我们这代小孩普遍缺乏亲密关系的教育，就像你和爸爸妈妈，越亲密，越容易吵架，越容易不讲原则，越不会大大方方地表达爱。"

她摸摸许烁的脑袋，继续说："你想，你和涂晨北是不是也这样？因为亲密无间，所以你无论内心多愧疚，面上还是装疯卖傻。可我觉得你需要给他一个正面回馈，无论是出于友情，还是若有若无的爱情。"

"嗯嗯，"许烁轻声答应，"我会仔细想一想的。"

两人就这么坐在台阶上，放空了一段时间。许烁其实脑子里什么都没想，但什么也想明白了。她在备忘录里编辑了一段话，这次没有删删改改，一气呵成：

涂涂，你不是软件。纵然不同 APP 有不同功效，但我不认为你属于任何分类。正如软件间功能共享的意义在于，喜欢的信息可以跨越形式的壁垒，留在我身边。

二〇二三年的零点没有钟声，但许烁听到了敲门声，是涂晨北站在院门口，掐着秒表，第一个对她说："勺子，新年快乐。"

是的，零点没有钟声，但总有一处烟火为她而鸣。

· 第四章 ·

距你 2.3km， 一起听歌 2h47min

如同一只幼兽用同样稚气的触角，

试探你边缘的虚诡，说嗨，我懂你。

两个人的友谊太拥挤

（1）

年关将至，好消息是许烁轮了两天休，坏消息是家里总来亲戚和小孩，扰得她一大早抱着电脑去楼下咖啡厅写采访稿。

涂晨北发来消息，说他下午要在沥蒙茶馆码字，一个人太孤独，问她要不要一起。许烁嘲笑他说至于吗，在星巴克照样也能码字。涂晨北非要坚持茶馆环境好，包间，不受环境影响。

许烁摇摇头，他这典型属于人不行怪路不平，跟差生文具多一个性质。但想到领导临时下了个任务，让她负责跟进一下林周执的拜年采访视频，要放在春节祝福的推文里。她心想不如赶在一天出门，下午写稿，晚上录采访，最终就应下了。

到了茶馆，许烁才想起涂晨北是个什么"成分"。

与其说是茶馆，还不如说是个高雅会所，下午的走廊空空如也，

曲径通幽。接待的经理见到不知方向的许烁，打量一番，还好心提醒她了句："这里是茶馆，私房菜在隔壁。"

许烁笑笑："我朋友订了包间。"

"不好意思，请问雅间名是？"

"稍等。"许烁想到这会儿涂晨北在打字，应该看不到消息，便问前台服务生，"能不能帮忙查下，订包间的人叫涂晨北。"

经理立刻应声："他平日不待在接待区的。"

于是她亲自领着许烁穿过内厅，来到一块独立的隔间，敲敲门。许烁心想，要不是知道里面坐着涂晨北，她真以为自己要撞破什么大人物的聚会。

唤了两次，屋里传来一声："请进。"

推开门，只见禅房流水人家，茶台仙竹古画。还有一个煞风景的涂晨北仰躺在布艺沙发上，跷着腿，脸上盖着一本《中国哲学十九讲》，挡住暖黄色的顶光，似乎睡得很安稳。

许烁当即脑子里就俩字：纨绔。

她上前一把掀开涂晨北脸上的书，说："你不是要奋斗吗？"

涂晨北抱头哀号："勺子，写书太难了……"

许烁直接上脚踹这不成器的玩意儿，说："起开，我要坐沙发。"

涂晨北这才一骨碌滚到茶台前，拿出个瓷杯烧水。

许烁就想真有他的，嘴上吐槽："这地方我爸都不见得来。"

涂晨北拿刷子把残茶篦进导管，新沏一杯递到她手边，说："我爸有股，你以后随便来，报我名字就行。"

许烁调侃他："我应该也没啥场合能来这儿。"

说完，她打开笔记本电脑，开始码字。涂晨北自讨没趣，坐回她身边，像模像样地又接着上一页读。

一个小时晃过。

沏茶，再沏茶，眼看着茶水由红棕色变成草黄色，那本书也没见翻动过十页。最后涂晨北忍不住了，凑过脑袋问："许烁，你真在写稿啊？"

"不然呢？谁跟你一样闲。"她压根儿没抬头，低眸继续敲稿子，涂晨北只好闷闷地仰进软沙发里。

他和许烁一前一后地坐着，在发呆间隙，他从斜后方看许烁，发现她的皮肤透亮，涂晨北突然拿手指头轻轻刮了下，沾上薄薄的一层粉。

许烁："你是不是有病？"

"许勺子，你跟我出来化什么妆？"

"拍照，不行？"

"但你也没拍照啊？"

"……"

许烁只是觉得要跟林周执录采访，他既是公事，又是外人，那自然就浅浅描画了几笔，跟涂晨北这厮半毛钱关系没有。

可能归功于场地安静，许烁的稿子很快就赶出来了。她如蒙大赦般猛灌了几杯茶，跟涂晨北一模一样地仰躺在沙发上。

"懒人仰好舒服。"许烁侧头同他讲。

他也摆过头，遁入空门的语气："困了。"

不知是不是封闭空间里灯光和温度的影响，明明还隔着两个拳头的距离，却给许烁一种同床共枕的错觉。

许烁无所事事，捞起涂晨北腿边压着的手机，问："密码。"

"你猜。"

许烁没猜，直接输入生日，021005，开了。

"你是真没隐私。"

涂晨北："有你这种放着自己手机不玩，没事翻我手机的，还跟我谈隐私？"

要怪只怪涂晨北，他的手机向来是出一代换一代，外表崭新，从不买壳，很适合拿在手里……把玩。放在那儿像个公共品，给人一种去授权店看到样机想解锁一下的冲动。

许烁一开屏，就停留在微信界面。他使用的是深色模式，很干净，无置顶，在刚刚她的一条未读消息正下面，是个看起来比较不属于涂晨北会交集到的备注：报社李叔。

出于好奇，许烁点开聊天框，最新一条消息是从涂晨北这边发出的，未见回复。

大耳朵涂：下午我用过去不？

许烁疑惑地问："你在报社有实习？"

涂晨北闭着眼叹气："我爸听说我准备搞文字，前些天让我跟着去学学。"

"多好的机会，你真不去？"许烁看看手表，"这会儿三点，你过去来得及。"

"他又没回我消息，那我去什么。"

涂晨北一只腿跷累了，换另一只，悠闲道："唉，勺子，还是跟你待在一起舒服。"

许烁瞅他那没出息样，"呵"了声："那你就一辈子跟我在一块儿吧。"

说者无心，屋里却沉寂下来。隔了两秒，涂晨北倾身端茶，说："那最好不过。"

许烁自觉自己想多了，对着稿件胡乱重复地打了几个字再删掉，装作心不在焉。

从前她和涂晨北独处，就和两个十岁的小孩在麦当劳庆生无异。场合即使变到了咖啡厅、夜市、影院等等，她都为他保留了儿童餐那份纯真。但最近这段日子里，不知不觉地，她开始以成年人的目光去审视涂晨北——他是个有足够恋爱能力的二十一岁成年男孩。

许烁不想再干坐，这里能吃饭的基本常识她还是有的。眼看奔四点，她说："再找点人吧，不然两个人，菜都没得吃。"

能叫谁呢。

涂晨北的掏心朋友不多，他们也形成一个无声共识，就是不找咋呼朋友来，最后他叫来了搞文学的乐哥，心想正好让他跟许烁认识下。

乐哥风风火火到的时候，第一眼撞见许烁，对着涂晨北来了句："是不是上次你那老婆？"

涂晨北冷笑了声，看着在原地尴尬的许烁，长长地拖着腔调回了句："是——"

许烁抄起桌上一块绿豆酥，塞进他嘴里，咬着牙说："闭上你的嘴。"

乐哥在对面坐着，看得真切。这姑娘下手没轻没重，明明涂晨北差点没被噎死，可他毫无愠色，甚至又挪近了几分，靦着脸往跟前凑。

许烁听闻乐哥做文字类工作，聊起来还发现当年他跟谢子贯是一个学校，只不过高谢子贯两届。牧里市文艺圈小，青年里总共就几个人物，七大姑八大姨都是一家人。

知根知底的熟人，一见面就是侃大山。许烁替冯语问乐哥，谢老板这人高中怎么样。纵然不乱打听是涂晨北的处世之道，但八卦和奇闻逸事到了耳边，他一般听个了然。

乐哥抿了半口茶，就说了四个字："俗世奇人。"

在许烁的强烈要求下，乐哥就展开讲了讲谢子贯当年如何在学校开疆辟土，搞行为艺术，然而许烁提取到一条重要信息——谢老板是真性情，真性情到半年测三次 HIV。

"他这么乱的吗？"

要知道谢子贯的朋友圈就是日常随手拍拍小猫小狗小花小草，连个女孩影子都不见，不修图不刻意不炫富，现实里没日没夜地埋在片子里，看起来没这么夸张。

乐哥说得兴奋了："那是他金盆洗手。谢子贯和他那群狐朋狗友，前几年玩得花哨……"

"啥，去裸泳？"许烁猛然把视线从屏幕挪开，好奇地瞪着眼。

乐哥继续说："反正你翻他朋友圈，到 2018 年那会儿，都是随手拍校外的一些风景，你就能看出来他多自由。"

"那他大概谈过几个？"

"一个都没有。"乐哥失笑，"跟他的那些女孩，不是学舞蹈的就是搞设计的，一个比一个漂亮，而且他有一段时间还真跟固定一个约会，你情我愿，咱也没法说。"

"那么漂亮的女朋友，他就没在朋友圈发过？"反正据她了解，对于很多小男生来说，展示美女对象是常态。

面对许烁满头问号，这次是涂晨北接腔："因为他什么都不缺。"

乐哥认可地点点头。

许烁不解："什么意思？"

"一般来说，对有意识经营社交平台的人，越缺什么发什么。"涂晨北指着眼前两个小瓷杯，"比如咱们住大房子，觉得稀松平常，那有的人就会大拍特拍；再比如思想空虚，就喜欢在朋友圈发些无病呻吟小文字；有的人缺爱，所以频繁秀恩爱，很正常的事情。"

"所以，谢子贯不缺女人，不缺金钱，不缺知识，不立人设，顶多寄托自然怡情，"乐哥补充涂晨北的话，"这种人最难相处。"

许烁想了想，是有点道理。至少她平日也不爱发除了工作任务外的东西，偶尔发几张照片，涂晨北更是不爱经营这些东西。

"那照这个说法，涂涂也什么都不缺。"

乐哥一听，乐了："他缺爱啊！"

涂晨北和许烁双双抬头，她惊愕："何出此言？"

"他不缺爱，至于总共七八条朋友圈，六条都是跟你有关吗？"

涂晨北没搭理他，在桌上抄起许烁的手机，淡定地说了两个字："密码。"

"干吗？"

"看看我都发了点啥。"

许烁本来想反驳"用你手机看啊"。回过神发现他的手机在她这儿揣着，无奈说出一串数字："985985。"

涂晨北："你完全不遮掩自己的欲望吗？"

许烁："高三那年用来励志的，没想到真应验了。好记，用着顺手。"

乐哥也纳闷，手机是能共享的吗？

涂晨北解锁手机，消息纷涌，他一眼就看见顶栏最上面那条。

林周执：那晚会儿见？

涂晨北本来咬着颗圣女果，一下子在嘴里爆汁。不赶巧是个酸的，一股酒糟味儿，他强忍着吞进肚里。点进自己的朋友圈，果然如乐哥所说，全部关于许烁。

所以，妆也不是为他化的呗。

他想起跨年那天见面，就觉得许烁和林周执不对劲，一群人，怎么偏偏就他俩孤男寡女出门？虽然他没有点开消息，但今天又是大晚上约见，足以见其诡异。

涂晨北的兴致一下消散，没聊天的心思，把手机递回给许烁，说道："许勺子，有人约你见面。"然后闷闷坐在那里，又捧起了他的书。

乐哥见这会儿气氛冷下来，要抽空去上厕所，涂晨北紧接着说："我跟你一起。"

不知道的还以为是初中女孩结伴上厕所，乐哥笑着调侃："用不用手牵手啊？"

"用，非常用。"涂晨北表示自己很受伤。

掩上门，乐哥问："这姑娘，是不是跟林周执谈恋爱了？"

"你声音小点吧，牧里就这么大个地方，指不定就在隔壁。"

乐哥瞧他欲盖弥彰的样子，友情提示："你被她当备胎了。"

涂晨北："唉，我可能是讨好型人格吧。"

乐哥仿佛听到什么不可置信的话，不留情面地揭穿："你是讨好许烁型人格。"

上完厕所，乐哥先出现在洗手池，本想跟涂晨北再念叨念叨认清爱情这档事儿，刚抽下纸巾擦手，就看见三个衣着鲜亮的女孩在等同伴洗手。

其中一个鬈发女生压着调门儿说："我今天前后脚，竟然碰见许烁了。"

"在这里？"

"对，她被引进一个屋里……你说这儿，不都是中年男人才消费得起吗？我过生日纯属因为我爸订了房间，我记得许烁也就普通家庭吧。"

"我的天，不会有人包……"另一个女生面露惊讶。

"不是没可能，她看着跟所有人关系都不错，最后不还是只跟涂晨北走得近嘛，不是图他有钱是什么？"

"涂晨北家风严，不至于看上她。"刚洗完手的女生在烘干机下摊开手，不屑地道。

然而，在她说完这句话后，空气突然陷入一片沉寂。

紧接着，背后洗手池传来一阵哗啦啦的流水声，以及一句礼貌的"麻烦让一下"。

涂晨北走近，剩下三个人自动退让，那名女生才看清他的脸，面露尴尬。他不急不慢地烘着手，又从容地抽出纸擦干水滴，丢进垃圾桶。

"我巴不得许烁图我钱呢，"他的语气里满是无奈，"这样还能好追点。"

涂晨北再淡然不过地走出卫生间。在他的印象里，这群人似乎是高中隔壁班的，他不清楚，也没必要搞清楚。

乐哥看着涂晨北的背影，一时想高看他一眼，又想看矮他一头，最终趋步跟上他，称赞道："涂晨北，你真是我见过最伟岸的备胎。"

涂晨北虚晃一拳，砸在乐哥的肚子上，警告："别嚷嚷。"

乐哥很识趣："放心，我又不会给许烁讲。"

"我乱说的，你懂吗？就纯乱说。"他又强调了一遍，"我就是听不得她们议论许烁。"

乐哥纳闷，他咋就急眼了呢，忍不住问："许烁真那么好？"

"嗯，就那么好。"

一提起许烁，涂晨北表面看着风轻云淡，却一副内心吃了蜜的欲扬先抑模样。乐哥没眼看，顺势提了一嘴："那你追追看呗。"

"我都说了是朋友——"涂晨北不耐烦地回头纠正他，对上乐哥那张玩味的脸，突然话被噎回了嗓子眼。

他走了几步，又平白冒出一句："反正以后别提这茬了，人前人后都不要提。"

乐哥递过去个白眼："憋死你活该。"

回到隔间，许烁已经穿好外套，围巾搭在手上，正把笔记本电脑往托特包里装。涂晨北一脸茫然，问："你去哪儿？"

"噢，林周执那边临时说晚上要给他妈妈过生日，问能不能现在去把采访录了，我现在也闲嘛，就不耽误他时间。"

"不是，他不知道他妈妈生日几号吗？"涂晨北都气笑了。

许烁喝了口茶，说："哎呀，谁没个轻重缓急的家常事。下次请你吃饭，走啦。"

她赶时间，胡乱缠上围巾，冬天有静电，她后脑勺上的头发都随之鼓起。经过涂晨北身边的时候，她被他按着肩膀扣押在原地。

涂晨北上手摘掉她的围巾，抻开，折了三折，套到许烁头上，

再把她被压到的头发从脖子后掏出来。

"笨不拉儿的。"

许烁咧嘴朝他嘿嘿一乐，推门而出。

旁观者乐哥的世界只剩啧啧。从他的视角来看，刚刚涂晨北就跟小姑娘的男朋友没两样。他没多说，来到茶台给涂晨北递了杯茶，然后无声地敬涂晨北一下。

致敬涂晨北的无私、伟大。

许烁走之后，涂晨北反倒能专心读书了。两人读了半个多小时，后厨按涂晨北中午那会儿的交代，端了五菜一汤上来。虾、鱼、牛肉、羊肉、笋……全是许烁爱吃的菜。

吃到一半，乐哥问涂晨北："你跟她怎么玩熟的？"

毕竟在他看来，像涂晨北这种人，除了青梅竹马，实在想不到对方能跟一个半途认识的姑娘发展成密友。

"给你讲个故事。"涂晨北搁下筷子，敞着腿坐，盯着盘子里的两只虾，道，"我俩本来也就是狐朋狗友，班主任怕得罪我爸，从不敢罚我，每次我俩上课时隔着过道说话，都只有许烁被罚站在后排，一站就是三节课。那段时间大家都睡眠不足，有次我闹她玩，害她又被罚站，结果她低血糖直接昏倒，被120拉走。当时许烁差点磕到脑袋，老师们都围在病房，许烁妈妈听陪她去医院的女同学讲了整件事，当即就气哭了。她妈妈特别心疼，去质问班主任，为什么区别对待，闹着去找我爸、告学校。"

"所以，她妈妈最后找你爸了吗？"乐哥擦擦嘴，专心听他讲。

"没有。"涂晨北用袖子擦着本就锃亮无比的表盘，继续道，"许烁输液很快就醒了，听见她妈妈跟老师争吵，挂着吊水把她妈妈叫到一旁。她说：'涂晨北不能选择他的爸爸，正如他不能摆脱外界的虚伪。你去理论，不会让事情出现转机，只会让跟我一样十八岁的涂晨北再次尝到成年世界的恶果。特权对他本身也是一种伤害。'大致就是这样，后来我周末上门去她家道歉，她妈妈气不过但又咽不下火，给我讲了这件事。打那之后，我就决定要对许烁好。"

说完，涂晨北看着地面，莫名乐了。

其实十八九岁那会儿交朋友的理由很简单，无非是在你历经生长痛的时期，旁人只看到你直蹿的个头，而另一只幼兽用同样稚气的触角，试探你边缘的灵魂，说嗨，我懂你。

乐哥听完，这次实打实敬了涂晨北一杯。十几年的情谊里，他清楚涂晨北的意气风发，也同样懂涂晨北"无病呻吟"的背后，一次次被父权挫伤的妥协，他甚至理解为什么涂晨北让他别再提关于追许烁这件事。

涂晨北怕失去许烁，唯一的许烁。

（2）

乐哥是下午七点多走的。涂晨北给许烁发消息，问她"到家了吗"。

大致过了几分钟，对面回复"还没有"。

涂晨北回她一个独自抱枕听网易云落泪的动图，对面没回复。

过了一会儿，他又发过去一个微博链接，标题是"艾特最不聪明的朋友来看"，点进去是笨笨的小狗混剪，有毛茸茸的幼年二哈荡秋千，还有白乎乎的萨摩耶眨眼。

然而这会儿许烁正忙着在约好的咖啡厅拆迷你三脚架。这种拜年采访主要用在线上，对画质要求不高，她直接拿平时拍照的小微单录完全程，手机放着用来录音了。

末了，她礼貌性地对林周执说："祝你妈妈生日快乐。"

林周执摸摸鼻子说："其实我妈妈几年前就去世了。"

"啊？"许烁手里的动作滞住，不知该说什么。

"不过今天确实是她生日。"他笑笑，"在储江边，如果你愿意陪我的话。"

林周执穿着黑色的风衣，板板正正地站在桌边，明明挺高一小伙子，总让人感觉骨子里脆脆的，有一股拧劲儿。

"好。"许烁欣然答应。

储江的滩涂结了碎冰，夜色下水崖会比夏天平整些，探照灯下的水面像冒着碎钻，像水的眼睛。

林周执弯身，从兜里掏出一扇白纸船，比小学时的手工折纸要繁复些，他顺着水纹，把小船推向更深的远方。

"每年这个时候，我都会在她跳下的这片江边放一只纸船。其实许烁，我不信逝去的人能看到或者感知到我，我也不信这艘船能让江水好渡一些，我只是自私地想让自己渡过这道湍流。"

小船被浪潮吞没。

"我有个朋友——是真的朋友，不是我自己，"许烁笑着解释，"你非要我形容他，那就是个一事无成的纨绔。可在那之前，他应该是个大理想家。他努力表演了很多年废人，表演到最后，他都有点信了，外人也都信了。"

　　"后来呢？"

　　"没后来啊，他还在混吃等死，但我想他总有一天会找回自己。"许烁踢了一脚沙子，豁然道，"我是说，你不要总是心理暗示，很多坎，你跨一跨才知道嘛。"

　　林周执用脚底抹开湿沙，露出一块干燥的平地，他邀请许烁坐下聊。许烁对他画地为牢的做法不是很认可，不想让裤子变得潮潮的，便蹲下，同他差不多高度。

　　"许烁，我发现你很有亲和力，有种莫名想跟你聊天的感觉。"

　　"我之前有个朋友也这么跟我说。"

　　"还是你刚说的纨绔朋友？"

　　"不是啦，一个闹掰的朋友。"许烁突然侧头看林周执，"你还别说，你俩长得还挺像的，都挺帅。"

　　"讲讲？"

　　反正也无聊，许烁就给他讲了和赵泽的故事。时间久了，她情感上也脱敏了，倒也没那么讳莫如深，省去很多相处细节后，三分钟就讲完了。

　　总结来说，赵泽找了一个不太省心的女朋友，怀疑许烁插足他们的感情，三番五次地胡闹。赵泽是个没有主见的人，为了一时的

. 137 .

和平，就和许烁单方面断了联系。

"自那之后，我发现朋友关系也没有想象中的稳定。"她说。

"和我做朋友吧，如果可以的话。"林周执沉寂了小会儿，突然开口说。

许烁觉得他现在特别像小孩，把自己剖白了，这就是人的脆弱性。她看着地面笑笑："我们会是好的伙伴。"

这么说是因为，朋友只有一个。

（3）

涂晨北一个人又躺在沙发上睡着了。

谈不上纸醉金迷，就是觉得日子不能这么过下去。他伟大的写书计划尚且属于胚胎阶段，他也纳闷，平时脑子里装着一圈毛线，但凡出现一个小想法，抽丝剥茧能拉长到宇宙起源。但手一旦放键盘上，好像大脑供血都涌到了指尖，满腔热血，不知所云。

云里雾里的，涂晨北能感觉在做梦，但梦里也是真真切切在思考。他好像还梦见他爸，在一个高山流水、与世隔绝的地方，指着他鼻子破口大骂，说什么你醒醒吧，写个啥书之类的话。

然后，他迷迷瞪瞪，像从梦那头推到这头。暖黄的顶光让他有点回光返照的样子，随即他真切地听到，有个熟悉的声音从梦里往外过渡，他仔细去听，说的是："醒醒吧，涂晨北。"

涂晨北揉了揉眼睛，才发现盖在脸上的书不见了，再一揉眼，就发现一道死亡凝视，在视野里倒立，而他手里正抓着那本他用来盖脸的《中国哲学十九讲》。

"爸?"

涂晨北一骨碌翻起身,天旋地转。在他拧眉头的间隙,涂茂已经坐在了茶台的对面。不过涂茂没梦里那么凶,就是平时对他的那副模样,不冷不热,不抱希望。

涂茂口渴,端起紫砂壶往杯里倒,发现茶液浊黄,都被冲散了味儿,喝了一口就没再喝,皱着眉对涂晨北说:"你喝的这都什么东西?"

他随即要叫服务生把他存在这边的好茶拿过来,被涂晨北制止:"爸,就喝这个吧,不然晚上睡不着。"

"你怎么在这边?没去你王叔那儿学习写作?"

涂晨北一听他爸不是专门来逮他的,歇了一口气,说:"发消息他没回,下午就没去。"

"去了对你有什么坏处?"

"新闻写作和写作,那是两种东西。"涂晨北戳了下心窝子那块,"爸,我喜欢说真话。"

涂茂懒于跟他辩论,低头不语。他盯了会儿茶台,瞧见桌子上三两个零落的小茶杯,问:"刚刚有朋友过来?"

"嗯,咱之前那邻居乐哥,还有一朋友。"

"哪个朋友?"涂茂眉尾很疏,想打探什么事的时候,眉毛就会纠在一起。涂晨北知道他爸就这样,一不管他学习,二不管他花钱,但管他交朋友。

"班里的朋友。"

"女生？"涂茂在这方面实在算不上开明。

"嗯。"

"她现在在哪边读书？"

涂晨北没耐心被他爸拷问，直刺刺说："'985'好学生。"

涂茂想了想也是，涂晨北当年在冲刺班，他的高考成绩在班里算吊车尾，好歹也是个"211"，更何况同班同学。涂茂没多过问，就嘱咐："多跟读书的朋友来往，没坏处。"

涂晨北没接腔。打父母离婚后，他跟着父亲。邹立屏野心大，创业风险高，他跟着也是遭罪；涂茂前半生钱赚得足够，他更崇尚权力和声誉这种可以随时间延续的东西。

涂茂问涂晨北："你想好要写什么？我提前联系人给你出版。"

"不用，这样没意义。"

"你拿什么谈意义？"

"爸，我妈借钱给我买了辆车，所以，"涂晨北吸了一口气，"我就是想找件事干，慢慢还我妈。要让我拿你的钱去补另一个窟窿，何必呢。"

涂茂一时不知道该问买车这事还是该夸他诚实。这孩子他一直觉得少点狠劲儿，但有一大优点就是坦荡。他们父子的关系算不上融洽，但无论考试成绩还是玩乐交友，他都不瞒着掖着。

"怎么突然想着买车？"

"想跟朋友们自驾出去玩。"涂晨北也直来直去。

"可以。"涂茂放下杯子，"但规矩立这儿，一不准酒驾、醉驾、毒驾；二不准飙车；三不准发网上炫耀。"

涂晨北听完乐了："爸，一辆代步车而已，不至于。"

涂茂一听也就舒心不少："总之你各方面多注意。"

"爸，我没傻到满大街喊我爹是涂茂，不会随随便便跟人干进局子，也不会坏了您一世清明。

"茶喝多了对身体也不好，没事儿我先走了。"

涂晨北嗓音镇静又冷漠，拎上外套信步远去。

（4）

涂晨北一个人走在临江的公园里，这是一条很长很长的路。冬夜里没有人散步，俯瞰下边的江岸，只有一个人在垂钓。他当即就想，这是个妙人，能在冰上举着杆子干坐，钓的不是鱼，而是境界。

涂晨北脑子里当即冒出来一个矫情的比喻：他平放的人生就像一摊结冰的水，你说不上来它是死的，也说不上来是活的。

想着想着，他都觉得特别搞笑，哪儿来的废话文学，竟然还怪贴切的。他解锁手机，没有新消息。上面一条是发给许烁的链接，并无回复。许烁吧，某种程度上是存在于他人生的垂钓者。她不搅和，也不急迫，就自顾自地坐在那儿，等鱼儿上钩，看湍流汹涌。

他戴上耳机，长按降噪，给许烁发起共享听歌，然后默默等待另一个头像的加入。他走了近一千米路，对面也杳无音讯。

涂晨北的心情算不上好。

再往前走就没有堤坝，只有一片茫茫浅滩，是他们上次和谢老板剧组吃烧烤的地方。

每次跟涂茂见面之后，他的心情就会莫名变差，维持太平没有用，他知道有些事很难改变，但人总会在左脚踩进泥坑后，右脚紧接着踩进另一个更大的坑。

比如，本来要去水边坐坐的涂晨北，看到了一男一女的身影。那条围巾不算难认，他亲手给她戴上的。

许烁和林周执，一个蹲，一个撑着手坐，看样子聊得很开心。

涂晨北一时间甚至不知道该往哪儿走。往哪儿走好呢，似乎没有一个真正让他栖身的地方了。

他承认林周执的存在对他是个危机，一个能让许烁两次放他鸽子的大危机。许烁好到他身边近乎所有人都想跟她做朋友，而他只有许烁一个真正意义上的朋友。

记得他大一刚开学，舍友开他玩笑扒拉他手机，说想在他手机列表里找漂亮妹子，涂晨北说没有，列表里都是一些同学，他不加生人。舍友就说，那就是走质量，你一定挺多朋友的吧。涂晨北摇摇头，也没有。

他不喜欢跟人打个篮球就称兄道弟，在酒桌上提起谁谁谁，就吹牛说这人我熟，况且他一般是被别人用来当牛吹的那个。

涂晨北一度把微信用成了"许烁APP"，单线联系，还常因为许烁学业繁忙被失联的那种。他自嘲地笑笑，没有去水边。

他站在黑色树冠下，关掉了共享听歌的邀请，原路折返。

然而，还没等他走两三步路，手机响了。

涂晨北以为是什么骚扰电话，心很烦，正掏出来准备挂掉，定睛一看来电人：许勺子。

他停住步伐，单手插在兜里，假装平淡而又吊儿郎当地接起："喂？"

"涂涂，我刚刚好像看到你啦！"电话那头，许烁兴奋道。

"你看错了吧。"涂晨北心虚。

"可是那个人好像你。"许烁不可置信，看着石堤上被树掩住半个身子的涂晨北，"你扭头。"

涂晨北于是下意识地扭头，扭过去才发现不对劲，诈他呢。许烁正蹲在地上，嬉皮笑脸地向他招手。

涂晨北只能掐掉电话，三两步溜下斜坡，向许烁走去。隔老远，林周执就礼貌地招呼他。

许烁给林周执介绍涂晨北，然后扯着涂晨北在她右边坐下。

涂晨北起初不想坐，说他就是路过。

许烁没有揭穿他，只是一下把他拉到地上，稳当坐下，自己也抻开外套坐在河滩上。

林周执是第二次见涂晨北。看着他们俩一系列的动作，还有许烁刚刚怕坐脏裤子，一直蹲着，这会儿涂晨北一来，她毫不犹豫就坐下了。

这举动再细微不过，但这意味着信任与稳定。

三个人坐在一起，气氛反而变得沉默。

客套了几句之后，涂晨北和林周执都抱着手机，翻看一些无关痛痒的消息，许烁孤零零地坐在中间，抱着腿发呆。

内心裁决一番后，涂晨北懂事地挑眉问："没什么事我先回？"

林周执熄灭屏幕瞧他，挥手道别。然而，涂晨北还没来得及起身，许烁一把按住涂晨北的腿，话倒是像对林周执说的。

"那个，涂涂家离我近。待会儿一起走呗，还能送我回家？"

她征求的眼神看回涂晨北，他点点头说行。

林周执很识趣地晃晃手机："正好我爸叫我回家，那台里见？"

"台里见。"

河滩上只剩许烁和涂晨北两个人。

"涂涂，我今天可没扯谎啊，他妈妈真过生日。"

"噢。"

"我就是怕你偷偷伤心。"

"哪有？"涂晨北没看她的眼睛。

许烁也就笑笑。周边突然变得很安静，过往的汽车声消遁，涂晨北这才发现许烁的手还松松搭在他腿上，感觉是把他当扶手了。

"手。"

"噢噢。"许烁一愣，才把手撤下。

涂晨北别过头傻笑。

许烁这才打开手机，看到涂晨北发给她的两条链接。第一条是小狗视频，第二条是个共享听歌链接，点进去已经被取消掉了。

她扭头问："你是不是心情不太好？"

涂晨北咬了下唇，问："你怎么知道？"

"感觉。"许烁盯着他的眼睛，"我的感觉一向很准。"

"你走之后，我爸来了。"涂晨北垂下眸子，在漆黑的夜色里看，他的脸被远处高楼的探照灯衬托得冷白，水光晃动，情绪起伏。

话就停在这里，没有再往下说的端倪。

"他又安排你了？"

"倒没有，可我更喜欢明码标价的东西。我是接受馈赠长大的，物件永远不仅仅是物件，它可以抵扣亲情、梦想、正义很多东西，我目睹挂件越来越多，能预见的自由越来越少。说实话，我浑身上下，耳机、手机、项链……没有一件不是叔叔们借着给孩子礼物的名义给的。我离了这些什么都不是。"

涂晨北反手摘下腕上那块表，拿在手里转，无奈地笑了。

许烁知道它值很多钱，顶得上普通人买一套房。她接在手里掂了掂，心情复杂。

贵又如何，相比涂晨北的自由，这些东西一文不值。

他抱着腿，歪头看许烁，说："我知道，我这些小苦恼在大的苦难前是无病呻吟，但我依然为此痛苦着。"

许烁也歪头看他。她今晚很沉默，就这么相视看着，距离并不近，她完整地看到涂晨北的上半身，安静到她能数清涂晨北中途眨了几下眼睛。

后来两人都憋不住笑了。

许烁彻底破功，伏着涂晨北笑："我一个苦命影视民工，竟然

还要坐在这儿跟一个富三代共情，我简直脑子有病。"

涂晨北不忿："富三代的命也是命啊。"

嬉笑过后，许烁还是隔着厚厚的棉袄，轻轻搂上了涂晨北。就像上次他那样，像安抚，也像无声的轻语，什么也不必说，但他知道，许烁在说，嗨，我懂你。

涂晨北回抱了许烁。

在举目荒芜的滩涂上，他只有许烁。

晚上各回各家，许烁卸完妆坐在床上，打开手机就看到涂晨北二十分钟前的消息。

大耳朵涂：上楼了吗？

许烁回他一个表情包动图，掀开被角钻进去，点开网易云，发送共享听歌链接给涂晨北。

一分钟不到，对面已加入。

许烁平日主要听摇滚乐，涂晨北喜欢安静的、诗性的，也会听一些嘻哈和流行。许烁让他点歌，助眠一点的。

涂晨北这边刚关上灯，踢掉拖鞋上床，切了一首蛋堡的《收敛水》，然后回到微信说："我不喜欢听太吵的歌，觉得和平点好。"

许烁躺在床上乐，这话就很像是会从涂晨北嘴里说出来的。

她想知道是谁发明了共享音乐这个功能，像开一只精挑细选过的盲盒，同频共振在彼此陌生的歌单，听着同一首歌的感觉，真的很奇妙。

像素小勺：你平时就听歌睡觉吗？

大耳朵涂：我听郭德纲，慢慢脱敏了，开始听郭麒麟，再后来听壮壮说书，之后把云鹤九霄字辈都听了个遍，德云社整体脱敏。

像素小勺：哈哈哈哈，你转战隔壁刘老根大舞台吧……

聊着聊着，一首歌的时间过去了。许烁点去她的歌单，放了一首万能青年旅店的《山雀》，原因只是嫌弃涂晨北对器乐的鉴赏水平还到不了《河北墨麒麟》的程度。

自然赠予你

树冠微风肩头的暴雨

片刻后生成

平衡忠诚不息的身体

……

她与你共存

违背对抗相同的命运

涂晨北看着歌词在听，他知道这首歌言不止于此，但他还是忍不住会为之触动。这是一个饱满的夜晚，比起醉酒、亲吻、争吵、美梦都来得有实感，这是他和许烁的夜晚。

他无声地在听这首歌。

他开始慢慢喜欢上听许烁的歌单，里面的歌曲跟她一样有力量。

聊到一头儿没声，许烁临睡前最后一条消息是：约好喽，明天听你的歌单。

直到微信聊天框失去动静，涂晨北一个人听着耳机里的《艳火》。

他当时很想说，许烁，你知道这样特别像谈恋爱吗？

·第五章·
讨好许烁型人格

像悬挂的磁石不受控制地同另一枚磁石怦然相吸，
她好像有点喜欢涂晨北。

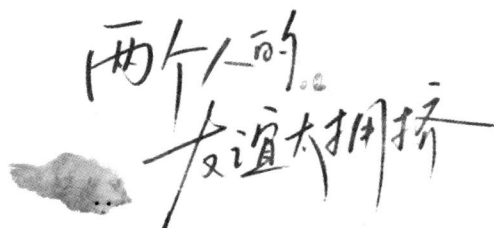

两个人的
友谊太拥挤

（1）

涂晨北翻来覆去没能睡着。

他难得刷了下朋友圈，发现凌晨三点，谢子贯这大仙还在路边逮蛐蛐，只为测试新相机夜晚的追焦功能。

涂晨北敲下"睡没"两个字发过去，谢子贯用一张清晰透亮的黑夜漆蛐照回答他的问题。

涂晨北心想自己脑子真有病，找谢子贯能说点啥。这人浑身上下只有两个优点：不关心别人，嘴巴严。

他刚想说，算了没事，对面消息接踵而至。

蟹老板：专业问题请按 1。

蟹老板：情感问题请按 2。

蟹老板：没有问题请滚蛋。

大耳朵涂：……2。

涂晨北本来是想按3，但他没什么事儿，凌晨三点骚扰谢子贯，想想就变态。自从上次从乐哥那边听了谢子贯的光荣事迹，他就觉得感情上的事，还是得问问"前辈"。

他运筹帷幄了一番，几经踌躇下，还是选择了最质朴的真诚作为杀手锏。

大耳朵涂：谢老板，我好像有点喜欢许烁。

谢子贯这会儿在给蛐蛐放生，手正忙，看到这条消息，无可救药地摇摇头，太没营养了这信息。

蟹老板：嗯。

涂晨北等半天，情感大师就回个"嗯"？

大耳朵涂：就没别的想说？

蟹老板：你再想想，黑夜容易上头。

蟹老板：而且，你都说是情感问题，说明你内心已经有了定性。

大耳朵涂：难不成还能是专业问题？

蟹老板：意思就是这么个意思……

大耳朵涂：情况就是这么个情况……

最终谢子贯回到家，直接给涂晨北拨电话。涂晨北半夜眼睛干瞪得像铜铃，索性下楼到一层，没开灯，放着电视节目。

涂晨北仰在宽敞的沙发上，松松地夹着手机，听谢子贯分析。

"她这人太有主见了，好也不好。她清醒地围绕想要什么展开，如果说多数精明的姑娘是捕猎者，那许烁就是围猎者。而你呢，兄

弟咱实话说，你有点讨好型人格。当然，你也没讨好过我，你可能只讨好许烁。"

涂晨北："你继续说。"

谢子贯："总之你的症状不严重，但不难发现。你特别照顾别人情绪，假设被不喜欢的姑娘追，你严词拒绝的同时还尽量保护她的自尊，这说明你是个内心善良的人……"

涂晨北："大哥扯远了。"

谢子贯："简而言之，你如果承受不了和许烁闹掰的风险，最好就别动歪心思。"

涂晨北是真听到心里去了，扯着纯棉大短袖，看新闻频道里十字路口川流不止，顿了半晌，说："我再想想。"

谢子贯："行了，今儿个就当没接过你电话，早点睡。"

涂晨北再睁开眼的时候，炽光已经钻过落地窗后那道纱帘，扑在他脸上。他用手去挡，这才发现电视依旧开着，他在沙发上睡了一宿。

八点十分，他这会儿没睡醒，抄起遥控器毫无目的地换台，瞧了一圈，没什么好电视节目，本来都要把直播关掉，结果切屏画面停在民生台。

许烁？

涂晨北真怀疑自己鬼迷眼了。

等他调回民生频道，只赶上一句感谢实习记者许烁来自前线的报道。画面里，她穿着灰麻色风衣，一手倒举着听筒收音，寒风一阵一阵把她头发糊进眼里，她没有去扒。

看了下位置，就在他爸投资的中学门口。

涂晨北就像头顶提溜了根线的棋子，被下象棋的人从这一头搬到那一角，不知不觉就到了牧里市外国语中学。

在微信一问，听许烁说她要在这边做专题采访，一上午的时间，空得很。他没知会许烁，很快进到传达室，打听那帮记者往哪边走。

中学的教学区是两个"W"形的结构，背后是食堂和操场，再往侧边去，是实验楼和寄宿宿舍，早些年就被本地媒体称为牧里最气派的校园。

气派不气派不知道，挺符合他爸死要面子的做派。

涂晨北在这边上过一年半的学，后来因为跟同学打得火热，老师又怯他的身份而不敢管，他硬生生被他爸转到了牧里一中。

想着短时间内应该碰不见许烁，他就在悬空连廊上转，路过一面全身镜，还像模像样地立了立领子，抻了抻哑光黑夹克。

涂晨北虽说常年遭受许烁的颜值攻击，但他对自己的身材和比例还是具有一定自信。比如背挺、腰细，还有腿直，适合穿不紧身但修身的裤子，踩切尔西靴也不会让比例被吞掉一截。

他还没臭美够，远处传来一声吼："哪个班的！有没有点学生样子……"

二十一岁，听到老师吆喝，涂晨北的第一反应竟然还是——跑。

于是他一路溜到宿舍区，才远远发现三个身影，整齐划一地倚靠在小卖部冰柜上，半死不活的表情，身旁还应景地卧着一只白色

流浪狗。

许烁颓废地站着，生无可恋的模样，最后扭过身去冰柜里，捞了三根冰棍，结了账分给冯语和左路吃。

尽管今天风和日丽，但好歹是七八摄氏度的冬天，冰棍冻了不少时间，啃都啃不动，冯语都怀疑许烁是要拿它磨牙。刚咬下去一口，就听见左路在一旁冻得嗷嗷叫，许烁开怀大笑。

冯语把冰棍拿在手里瞭，一抬眼，就看见一个不能再熟悉的身影。

"烁烁，那不是涂大帅？"

许烁没抬头，似乎听到什么荒谬的说辞，揶揄道："怎么，涂晨北改过自新，决定从高一开始复读，决战高考一千日？"

然而，就在她说完这句话的五秒后，一双黑靴头出现在她的视野里。她再往上抬眼，是笔直的腿，再往上……涂晨北？

"怎么，我这种大梦想家，就不能考清华？"

许烁呆住。嗯，有梦想的人了不起。

她把只啃了一口的冰棍递到涂晨北面前，说："吃点凉的清醒清醒。"

涂晨北用一种看神经病的眼神看她。

"冬天吃这个？"

"不吃算了。"许烁也没真想让他啃，就是想跟他斗斗嘴，于是很快就把手往回缩。

结果，涂晨北双手插兜，只有脸往前凑，结结实实就着她没咬过的那半边，啃了一口。

"你真啃啊？"

"不是你叫我吃？"涂晨北嘴里还含着冰，鼓着腮帮子一愣一愣，但又带点小嘚瑟的语气。

许烁把剩下那半截冰棍扔进垃圾桶，冯语只顾着在一旁捂嘴笑。

涂晨北问他们怎么在这边待着，左路解释说采访内容不多，就等中午放饭揪几个幸运学生就完事儿了。问题是这会儿离中午还有两个小时，没处去。

涂晨北来劲儿了，这地他熟啊！于是他领着三个臭皮匠回到教学区。

路上，许烁问："你怎么在这儿？"

"跟踪你呗。"涂晨北微晃着身体道。

许烁猜到他八成是早上看新闻看到了，心想这人作息还挺规律，昨儿晚上听歌听到那么晚，今天早上竟然还起得来。

"那你咋进的校门？"

涂晨北冷呵一声，轻声道："我家的。"

声音确实不大，但冯语和左路紧跟在后面就听到了，两人相视一惊。许烁都习惯了。在牧里，只要跟涂晨北出门，总是会有惊奇的新发现。学校、房产、饭店、景点，只要一问起"你怎么在"，涂晨北总能以一种随口提起的轻飘飘语气回答：

"哦，我家的。"

"噢，这地儿我爸朋友开的。"

涂晨北把仨人带到了高三语文组的办公室，当年教他的田老师一眼认出来了他。这是个嗓门儿有点尖的中年美女，办公桌布置得一片浪漫，她扯开几把凳子，给另外仨人坐。

"你当年突然转走，有两本课外书还在我这儿呢。"田老师放下保温杯，笑呵呵地去箱子里翻，在埋得很深的箱子底，找出来《一个无政府主义者的意外死亡》和《北鸢》，递回到涂晨北手里。

冯语趴在许烁耳边偷偷问："她怎么还记得收了哪本书啊？"

许烁向那一纸箱挑挑眉，低声说："你看那里面剩下的书，不是《花火》就是《爱格》……"

"那确实，涂晨北应该不看爱情小说……"

"也说不准。"许烁扒着耳朵嘀咕，"他有一次无聊翻《萌芽》，对着里面一篇叫《鸟国》的故事涕泗横流，摊开书页痴愣一下午。虽然那不是言情，但也讲爱情。"

冯语听完，再望向涂大帅宽阔的后背，突然发现他没那么伟岸了。

涂晨北不知道是不是自己幻听了，扭头问："你们叫我？"

好了，这下他的脸上又多了三分纯情与无辜。

左路和冯语举着机器录了几段空镜素材，又问了田老师对于高中语文课改、面临分值比上升等等看法，提出了在教学计划上有何种调整此类问题。

涂晨北陪许烁在班级门口守株待兔，此时临下课也就五分钟。

"这么看，你们工作也清闲自在。"涂晨北靠在走廊边，窗户大敞着通风，他半个身子仰出去，手有一下没一下地扫拂寒风。

"运气好在学校。民生台哪儿都跑，明儿个指不定就垃圾处理厂、城中村、废楼子……有时候程序繁杂的部门，耽误一天也不见个人影。"

"每天都有固定的跟进选题吗？"

许烁叹一声涂大少真真十指不沾阳春水："大选题不会交给实习生。地方台往往缺乏体系化的组别，给你个方向，取材、拟稿、剪辑一条龙都得你干，审过了就播。"

"这不是挺自由？"

"你知道的，我电子智慧不高。毕业前一直用的是 final cut pro（一款苹果公司开发的专业视频编辑软件），来台里第一件事让我用 edius（视频剪辑软件）剪，两眼一黑，老丢人。好不容易学会了剪辑，又因为取材过于敏感，总被毙。"

"深度采访不也有人做吗？"

"没人脉，学生样，恐怕连门都进不去。我影视剪辑课的老师，就是因为在地方做深采，把人都得罪光光，混不下去才去考的博。"

"不容易。"涂晨北心想这待遇，还不如在他妈妈的公司干个内容运营。

他大手一揽，挂住许烁的脖子，凑近了说："放心勺子，等你街头要饭的那天，我一定给你塞张钞票，红的。"

许烁拿手指尖抵住涂晨北的胸口，说："滚。"

涂晨北佯装中枪的动作，延迟倒地，嘴巴做出苟延残喘的口型："勺子……"

许烁模仿他的句式："放心涂涂，等你被我崩掉那天，我一定给你烧点纸钱，一沓。"

唉，涂晨北很心碎。

他明明想表达的意思，是类似《喜剧之王》里，周星驰大喊的那句"我养你啊"。怎么话从他嘴里过滤了一遍，就变成逗小狗，钓个肉包子招之即来的意味。

下课铃在许烁戳中涂晨北胸口的那刻响起，在历经长达120秒的拖堂后，两个女生率先从教室后门冲出来。两人迎面撞到涂晨北，"悬崖勒马"。

涂晨北搓搓手，又搓搓裤缝，说："那个……"

趁他开口前，许烁拉住涂晨北的袖口。涂晨北不解："嗯？"

"她们要回寝抢热水洗头。"

"这样……"涂晨北不懂许烁怎么看出来的。

许烁不慌不忙地靠在窗台上，眼睛瞄着摄像机的取景框，说道："采访对象，要找留在班里做题的。"

"这还有讲究？"

"一不打扰受访人的正常安排，二来留班学生往往上进心强，对教改的理解更深。"她闲来无事，眼睛贴近瞄准镜，透过滤色变形的玻璃口看涂晨北。

这样看都蛮帅的。

只见他两手空空抓住镜头，视线里一片模糊，阻断了许烁调皮的"偷窥"。

"不一定。"涂晨北神秘兮兮地插着兜，继续刚刚的话题。

"怎么讲？"

"你也永远第一个冲出教室，但你脑子比谁都清。"

许烁被涂晨北夸得猝不及防，她比较疑惑的是，涂晨北这人都上了三年大学，怎么把她记得这么清。就连父母都觉得许烁考上好大学是个偶然，久而久之，她也把此当作运气。涂晨北简直像她的无脑吹捧者。

许烁垂下眸子，说："也就你这么想。"

"你本来就很好嘛。"涂晨北仰了仰下巴，大方道。

许烁咬咬唇，没讲话。

你本来就很好嘛。多简单的一句话啊。

她在想，如果在转学前有人对她讲出这句话，是不是可以避免很多荆棘。还好那段难挨的青春日子里，她遇到了涂晨北和赵泽，还好她足够强大。

走廊的人逐渐多了起来。

涂晨北对这个采访看起来比许烁还上心，扒着门框替她物色采访对象。许烁望着他高挑的背影，在灰头土脸的高中男生里，算得上鹤立鸡群。

各班下课路过的男生女生，都难免回头瞟他好几眼。

许烁也凑近门框，手很自然地搭在涂晨北的背上，往里探头。

一阵酥麻贯穿而过，身侧就这么窄，涂晨北以为许烁的下巴垫在了他的肩头，猛地回头。

许烁面目淡然地扫视，距离他两拳远。她扫视到他脸上，见他一副怪异的表情，便瞪着涂晨北，意思是你抽什么风。

涂晨北搓了搓发烫的脸，扭过头，漫无目的地扫视教室，眼前一片空洞。画面还停留在刚刚，许烁的妆感是清透的，细到能看到毛孔，而她身上的松弛感总是能揪紧他的呼吸。

许烁打了他一下，问："有目标吗？"

涂晨北根本心不在焉。他顿了顿，说："稍等，我在看。"

许烁只觉得涂晨北最近鬼鬼祟祟。

出教学楼的一路上，涂晨北的心脏绷得很紧。他刻意不去看许烁，走得离她远远的，埋头刷手机。

许烁扭过头去，扑了个空。她自讨没趣，掏出手机，谁都不搭理谁。

就这么一前一后地走着。许烁不知涂晨北在身后捣鼓什么，扯了扯嘴角，对着涂晨北的对话框敲敲敲。

像素小勺：别玩手机啦！

涂晨北看到消息弹窗，缩了缩手，按灭手机掖进裤兜，心不在焉地答一句："噢噢。"

冯语和左路在食堂和两人会合。他们排在学生之后打好饭，才发现涂晨北和许烁一边一个，手托下巴，百无聊赖。

冯语瞪大眼："你俩，好沉默哦。"

许烁怔怔点头："嗯……"

转到涂晨北这边，同样的回答："嗯……"

冯语纳闷，早上不还好好的？

她遮掩般地刷了几下微博，悄悄给许烁发消息：你俩闹矛盾了？

谁能想到，许烁怕出任务耽误联系，手机压根儿没静音，一声提示音一下把所有人的目光都拉到亮闪闪的屏幕上。

涂晨北斜瞅了一眼屏幕，手不离下巴，回答："没有。"

冯语略显尴尬，找补一句："没说你俩。"

涂晨北拖长腔调："哦——"

他的确不信。

然而，就在他心理堤坝刚搭建好的那一瞬，许烁手机的提示音振聋发聩地响起来，吓得涂晨北一哆嗦。他下意识地瞥向屏幕，只见两条消息显示在屏幕上。

林周执：下午回台里吗？

林周执：我们聊聊。

许烁拿过手机瞧两眼，按了按眉心，从食堂座位上起身，说："我先回去了。"

冯语没看到消息，停下扒饭的动作，看向她的背影。

"搞什么这么神秘？"

涂晨北佯装若无其事地翻手机。他比较在意的是，许烁没有单独跟他说再见。

（2）

回到台里，许烁才知道林周执并没有什么事找她聊，无非就是上次公众号拜年视频的终版录制，很小的一个任务，却害得她大动干戈。许烁抱怨他："下次你发消息语气别这么正经，跟出了什么事似的。"

说完，她自己都想笑。

"我们聊聊"这四个字，在许烁印象里，只会出现在两个场景：一，被班主任叫去训话；二，男女朋友处理情感问题。

她默默地想，这消息要是叫别人看见，那不得生出点误会啊。

幸好没人看见。

"不就是聊聊吗？"林周执假模假式地用起播音腔，"难不成我要说，'许烁，下午到我这儿谈工作'。"

许烁："其实，你可以给我扣个 1，我秒懂。"

林周执抓抓头发："单扣 1 不太礼貌。"

许烁："那再给我发个亲切的表情包。"

林周执："不行，那样也太塑料同事了。"

忙完工作后，许烁跟林周执顺道吃饭。自上次陪他过了他妈妈的生日后，许烁和他的关系似乎实现了"升舱"，彼此心照不宣。如同从人多繁杂的经济舱挪到商务舱，人和人之间变得明晰。

林周执把紫菜汤捞到面前，打趣："所以我这算加入你们测评小分队了吗？"

"唔？"许烁鼓着腮疑惑，咽下嘴里的饭才问，"什么测评小分队？"

"你、冯语、左路、陆路，被同事们在各处小吃摊偶遇，大家都开玩笑说，你们其实有个美食账号，是测评博主。"

"嗯，确实，"许烁吞着饭囫囵道，"是有这么个事，嘶——那正好你来出镜当主播？"

"真的假的？"林周执也就随口一说，看许烁的表情也不像假的。

许烁盯了他三秒，终于破功："噗——这你也信啊！"

"自媒体时代嘛，人手有个账号也很正常。"林周执目光随着菜盘端上桌，轻轻对服务生道了声谢谢。

"电视民工已经很累了，我还不想变瞎。"许烁按着太阳穴摇摇头，"而且有账号，势必有流量。在我这种好胜心机制下成长的小孩，哪怕不奔着赚钱，也会不自觉地被数据影响。希望听到他人的声音，又畏惧非正向的认同。我喜欢把人生牢牢支配在自己手中。"

这么一说，林周执发现许烁确实长期处于一种敌动我不动的状态。一般来说，外向开朗的人通常扩展为一种进击的状态，但许烁似乎更趋于稳定。这种进击让她习惯染不同的发色，做特立独行的选择，尝试新的食物，结交新的朋友——但与此同时，属于她心里的领地范围不断缩小。

她稳定的属地里只有爸爸、妈妈、为之奋斗一生的事业和涂

. 163 .

晨北。

林周执幡然醒悟，想真正拉近和许烁的距离，很难。他们两个就像两个素材间的剪辑点，人为的拖动和转场磁吸成一段流畅的视频，而之间的组接本身就是一种割裂。

如何合并两条轨道？

他一转话题："你喜欢旅游吗？"

"看跟谁啊。"

许烁随口一说。吃完，她擦擦嘴，拿起手机，难得见谢子贯这个大仙人发来的消息。

谢子贯：年后去水库不？

谢子贯：你钓鱼，我拍片。

谢子贯：可以叫上涂涂。

许烁捧着手机乐，什么时候他俩都这么亲近了。说什么冬天钓鱼，漂着冰碴儿的水里哪能钓到鱼。这人明明就很想交朋友，还装着一副世人皆醉我独醒的模样。

许烁举着手机回复语音："冯语去我就去。"

对面回过来一个圈着指头比好的表情。

刚锁了屏，林周执把擦过嘴的纸巾折好丢在垃圾桶里，直起身提议："年后实习期过了，我们找个山水好的地方转转吧。"

"你是在约我吗？"许烁歪头。

"算吧。"他抖抖肩。

"不了吧，"许烁纠结一番，仰靠在座椅上说，"怪怪的。"

说完她又觉得自己太过直接，委婉地找补道："我是说冬天出游这种事。"

"这么说，看来是我人的问题。"

他遗憾地笑笑，语调里有些许自嘲。

刚刚许烁才说过，旅游这种事，看跟谁。

林周执一看就是没怎么被拒绝过的男人。端着盘子去倒饭的一路上，他微微落后许烁半个身体的距离，垂眼看她的背影。她用鲨鱼夹随便夹着头发，一身通勤风宽松衣裤，每个动作都这么自然有条理。

许烁先他一步，洗了手在门口超市等候他。待林周执走到门口时，许烁已经买好了一杯果汁递给他，说："不知道你喜欢喝什么口味，所以就买了我最喜欢的胡萝卜味。"

"你真的让我搞不懂，"林周执旋开瓶盖，却没有当即喝，"你的拒绝总是很彻底，但是有时候又感觉你在散发欢迎和你做朋友的信号。"

"冲突吗？"许烁拍拍林周执，"Take it easy（放轻松）啦，是关系足够坦诚才要直白，不要把我标签为一个异性——你会因为大学舍友拒绝你的出游邀约而介怀吗？"

一向伶牙俐齿的林周执竟然陷入沉思，绕了一圈，原来是他不够坦荡。

许烁这个人，总拥有逻辑自洽的道理。

下午公众号推文排版完成后，许烁把预先浏览的链接发给林周

执，让他确认一下。

林周执点进去一看，发现许烁没有采用清一色过年的喜庆红，而是米白色的竖纹上点缀了几抹灯笼红，现代化的可爱，和他的视频封面相得益彰。在几处关键的引导点，许烁的交互也给得恰到好处，炫技性没有压过逻辑性。

他划拉到最底部想点个"在看"，页面弹出来一个浅蓝色的提示框，他才后知后觉地想到，这是个私密链接。他便返回微信，见许烁一分钟前发给他一条信息。

像素小勺：你的视频要同步到官方抖音。

林周执捧着手机笑。左路从他身后经过，专门瞄了眼他的手机，摇头感叹："许烁，就一大'社牛'。"

林周执抬眼，说："还好吧，我觉得我更主动一点。"

左路翻了半个白眼，心说小伙子你还是太年轻。

"'社牛'呢，分两种。进阶选手属于人均吃得开，许烁是高端玩家，不主动出击，更不缺人关心。"

听罢这话，林周执滞在原地。想起刚刚许烁说，是关系足够坦诚才要直白。

所以，一下午的时间，他是被拒绝了两次吗？

（3）

贺年视频被发到短视频平台，许烁这才启动落了灰的抖音账号，前去点个赞。

因为极少使用抖音，大数据尚未捕捉到她的兴趣爱好，给她推荐的多数是同城的帅哥美女，伴奏反反复复，看不了几条便失去耐心。

正当她要去搜索官方账号时，一条封面上打着红字标题的视频一下子抓住她的视线：分手即违约！

视频里的人声泪俱下，讲述她和她的前男友赵某从相恋，到共同签约经纪公司，再因他精神出轨提出分手，单方面违约，诸如此类等等。每提到男方名字，第二个字都会出现"哔——"消音。熟悉新媒体行业的人都明白，这是为防止网暴被取证。

讲述故事的女生，许烁不算陌生，许烁曾深深被对方误解。这种误解深到不仅让她怀疑自己是否真的存在道德上的瑕疵，更使她为保全道德上的清洁而失去一个朝夕相处的朋友。

而现在，她又被当作第三者，喋喋不休地被拉出来鞭笞。

许烁突然想到涂晨北前段时间隐瞒她的事情，她很感谢涂晨北对她的保护，在各种层面上。

这个视频发酵得很火热，很快评论区的热评已破千赞，不乏有人假冒赵泽的同班同学，造谣他以前换女朋友换得"无缝衔接"，甚至还有楼中楼冒出有女生为其堕胎的传言，赵泽当年的宣传片视频也被扒个精光。

许烁第一时间私信给了互关好友涂晨北，一个叫"大耳朵涂"的私密账号。

许烁问：他干过这事儿？

过了十来分钟，涂晨北回道：瞎扯。

涂晨北收到消息的时候，正坐在电脑前打字。他本来很高兴，以为许烁分享了什么有趣的短视频，说明勺子还是在意他的嘛。直到视频播放完，他左看右看横看竖看，都跟自己认识的赵泽没半点关系。还没等涂晨北浏览完评论区，一个熟悉的 ID 已经发出一条最新评论。

像素小勺：评论区造谣评论点赞超过 500，已取证。

许烁切回跟涂晨北的聊天框，一串打眼的蓝条。抖音的对话栏很奇怪，消息间黏得很紧，显得非常具有急迫性。

大耳朵涂：？？？

大耳朵涂：勺子你糊涂！

大耳朵涂：快把你账号隐了，当心被网暴！

大耳朵涂：你别去认领，不然你跳进黄河也洗不清。

眼看着消息从"已送达"变成了"已读"，对面还迟迟没有回复，涂晨北一个语音电话拨了过去。

"勺子，你看到我的消息了吗？先把你的个人信息隐掉。"涂晨北顾不得赵泽的是非，"你保护好自己，别把自己卷进这件事。"

涂晨北并没有在杞人忧天。涂茂经营那么大的集团，直接或间接面临过的舆论危机他打小有过耳闻。一旦被套上"当事人"的名号，无论是不是正义的一方，都难脱烦扰。

许烁这头夹着电话，把座椅推进工位，向同事们挥手说再见，走到电梯间，才抽到间隙对那头焦灼的涂晨北说："我们不发声，

. 168 .

赵泽背着谣言毕业，进了社会又该怎么自处？他也只是一个普通人啊。涂涂，被人冤枉，真的很难受。"

涂晨北仰靠在座椅上，胡乱扒了扒后脑勺。他承认许烁是对的。但就像人不得不承认利己属性一样，他当时只是自私地想让许烁抽身事外。

"舆情很快就过去了，过个十天半个月，谁还记得。"

"我们都记得。"电话那头传来许烁疲倦的声音，"赵泽是该长个教训，但绝不是以这种方式。"

许烁以要上地铁信号不好为由，挂掉了电话。

很快，再打开软件，诸多未读消息袭来，她深呼一口气。在成群的私信里，她敏锐地捕捉到了一个叫"zz"的用户。

再收到这个旧人的消息，语气是那么生疏，夹带着试探和回旋。

zz：许烁，我是赵泽。方便和我一起录个澄清视频吗？

zz：或者我们加一下微信，聊一聊吧。

许烁捧着手机茫然抬头。一位牵着小孩，前胸后背都挂着包的阿姨趔趔趄趄地赶上这趟地铁，许烁谎称下车，把座位让给了他们。

在闷热拥挤的车厢里，她跌跌撞撞地缩到车门间，笃然敲下三个字：

没问题。

（4）

许烁和赵泽约在了商厦区见面。

出了站后，阴雨将至，天空阴沉，许烁总是能在临下雨的天里闻到铁锈味。

没记错的话，赵泽家就在这附近。

每周回家的日子，当许烁爸爸妈妈忙于工作，赵泽都会先把她送回家，再折回自己的家。直到有一次生日宴，她才知道赵泽家离学校很近。

她曾经享受着和赵泽的友情，她是这杆秤中的绝对上位者，被捧到了天上。在经历过极端的跌落后，她避讳异性友谊的局限性，不会再让任何超越友情的迹象浮动到两人之间。不过至少目前，她和赵泽不存在这样的纠结了。

许烁远远地透过咖啡厅的玻璃见到了里头那道瘦削的身影，赵泽的双手捂在咖啡杯上，不用想就知道，他正措辞怎么开口。

许烁决定从商场内进去，绕到他的背后入座，没有给他准备的时间。

赵泽微怔。

许烁讨厌两个心知肚明的人之间虚与委蛇。她开门见山："是开直播，还是录视频？"

"都可以。"

"视频吧，比较有逻辑性。"许烁从事公共传播相关专业，当她作为当事人出现在一件舆情里，她仍然感到了荒诞。

窗外开始下雨。

历经这些日子的事后，赵泽变得比她还平静。他平静地叙述了全程，平静地展示所有证据，却在请曾经的好朋友许烁帮忙解释时，眼神里流露出一些动荡和犹豫。

中途赵泽放在桌边的手机屏亮了好多次，又沉睡似的熄灭。许烁的手机架在那里录制，关掉了所有来电和消息提醒。

许烁瞥了眼，继续事情的讲述。

录制大致花了一个多小时。

再抬眼时，许烁意外瞄到屋檐下一个高挑的身影，那人插着兜，举着一次性塑料伞，湿答答地站在那里。并不是淋透的湿，而是发梢和外套上沾染了水汽。男生碎短发，垂着脑袋，盯着鞋子，有一下没一下地踩着湍急的水涡。

许烁忙从架子摘下手机，关掉飞行模式后，七八个未接来电接踵而至。

大耳朵涂：赵泽是不是找你了？

大耳朵涂：不是不尊重你的想法，只是我们可以用更委婉的方式对不对？

大耳朵涂：知道网上他们都怎么说你的吗？

大耳朵涂：我也是赵泽的朋友，我可以为他做证？

对于消息的内容和涂晨北的到来，赵泽显然不知。他挪回原先的那边椅子，对许烁说着不痛不痒的感谢话，她一句也没听进去。

许烁打断了他的滔滔不绝："听着赵泽，我和你的关系是契机，而我和涂晨北是必然。幸好有你，治愈了我骨子里的阴暗与躁动，所以这件事就当我抵扣了吧。我想要和你扯平，不是我有愧于你，

而是你有愧。为了让你我心安理得地迈过这一道关，而已。好啦，我要陪涂晨北吃饭，回聊。"

赵泽听到要陪涂晨北吃饭，有些诧异。他解锁手机，看到同样的一长页消息。

大耳朵涂：赵泽，别让许烁出镜。

大耳朵涂：需要辟谣的话，我一样的。

大耳朵涂：你们现在在哪儿？

大耳朵涂：商厦附近的话我现在过去。

赵泽眼看着许烁抓上衣服走出大门，他似乎理解了许烁口中的"必然"，就是那一刻。

隔着霾冬灰蒙蒙的雨雾，他才看清，无论是多少人的友谊，许烁的存在对涂晨北来说，都是唯一的必然。

玻璃外，瓢泼大雨从天而降，散着发的女孩敞着外套，在雨中一路小跑，从背后捂住男生的眼睛。

一阵冰凉附上涂晨北的眼睛。

虽然视野范围里什么他都看不见，但涂晨北本能地把雨伞往后移，正好打在许烁的头上。

许烁绕到涂晨北身前，定定地同他对视，一言不发。

最后还是涂晨北破了功，失笑："许勺子，你傻不傻啊。"语气里满是无奈，但没有责怪。

"你傻不傻啊。"

许烁以他的语气回答他。

她不算很精明的那类姑娘，嘴上吊儿郎当，每次遇事都会抵在枪口，不断吃亏，不断重蹈覆辙。

但涂晨北应该比她再傻一些。

傻到冒着雨来找她，傻到把自己推出去，傻到去掺和同自己无关的事情，傻到莫名其妙对她这么好。

许烁内心一坠。

像悬挂的磁石不受控制地同另一枚磁石怦然相吸，她好像，有点喜欢涂晨北。

·第六章·
一个抛掷，一个拾获

许烁向他传递了一线讯息，
他便习惯性地回馈以一簇光亮，
以免在晦暗的夜里错失信号。

两个人的
友谊太拥挤

（1）

　　涂晨北拨开她黏在脸颊上的头发，才开口问："这件事你一定
要帮？"

　　"涂涂，这是我和赵泽的事情，答应我，别管，就这一次。"

　　涂晨北迟疑了一下，还是点点头。

　　"你刚刚为什么不进去？"许烁揪着涂晨北的衣服，顺便掀开
门帘，"外面雨太大了。"

　　"不合适，打断你们。"

　　"有什么不合适，我和赵泽又不是谈恋爱。"

　　"对他不友好。"

　　许烁听了这话想笑，换其他人讲这种话，对应的理解一定是"我
俩关系太好，所以对赵泽不友好"；但许烁了解涂晨北只是想表达：

贸然打断你们，对他不友好。

　　她真觉得涂晨北脸上应该刻一个和平鸽，再颁个奖杯给他，祝愿世界美好，努力让每个人拥有好心情。

　　"伞是你现买的？"她话锋一转。

　　"嗯，出门的时候还没下雨。"涂晨北朝便利店方向仰仰下巴。

　　"哎哟，我好饿啊！"许烁余光瞥见赵泽在有意无意往这边瞅，便按住肚子转移话题，扯着涂晨北上电梯，"吃火锅好不好？"

　　涂晨北担忧地朝咖啡厅里望了眼，正对上赵泽的眼神。出于教养，涂晨北用口型比了句："走了啊。"

　　赵泽摇摇头，挥挥手，整理桌子后，向反方位离去。

　　一路上，许烁走在涂晨北斜后方，替他拍了拍身上的水汽。还好他的外套是防水面料的，不至于渗进身体里着凉。

　　"谢老板白天发消息，约咱们年后去钓鱼。"

　　"他有病吧。"涂晨北的注意力本来在冬天钓鱼这件事上，而后如梦初醒，"而且他为啥不给我发消息，只给你发？"

　　不得不说，涂晨北发现自己最近心眼儿越来越小了，尤其在许烁的事情上。

　　"可能看你闲吧。"许烁在小程序下单了两杯热奶茶，拿着取餐码去刷，她本意是说她有实习得提前约，涂涂待在家，当然闲啦。

　　涂晨北默默接过奶茶，茶是温热的，三分糖。他以为许烁又在嫌弃他不学无术。

　　"跟你讲，我日夜兼程存了五万字，投给了《中青文学刊》，二审都过了。"

"大致讲什么？"

"时代变迁？"

涂晨北像被老师在课堂上抽点了似的，一时也不知该怎么概括。他写的群像故事，讲的是在他搬家前和乐哥那几个人在爷爷的家属院发生过的事，这是他留存不多的接地气的记忆。

"能拿多少钱？"

"长篇连载下来的话，一两万吧。"

"不错嘛。"

许烁一边感叹，一边从袋子里取出吸管扎纸膜，扎了两下没戳开。

涂晨北把手里刚开的那杯递给她。许烁皱了下眉，涂晨北回她个白眼，说："没喝过。"

许烁这才抱着奶茶和他迈进火锅店。

涂晨北照例点了鸳鸯锅。许烁一向要特辣，但他吃不了太辣。等火锅煮好的间隙，许烁和他不约而同开始刷手机。很奇怪的是，一般来说，许烁总有滔滔不绝的话对他讲，而他也总习惯仰坐在椅子上思考人生。

微博热点都没什么新鲜事可刷，最后还是许烁先一步从网络世界脱离出来，皱眉正色道："涂涂，你不理我。"

"啊？我没有。"涂晨北显然很迷茫。他心想，一般都是你先说，难道不是你先不理我的吗？

"你好奇怪。"许烁皱眉。

"奇怪，我有吗？"涂晨北自我怀疑，磕磕巴巴道。

许烁舔舔嘴唇，沉默地搅了搅碗里的麻酱，猛然得出一个结论：涂晨北恋爱了。

一般能让他变得沉默且形迹可疑的只有他爸。但问题是他爸最近应该在忙，顾不上管他。那么唯一的可能就是他恋爱了。

许烁觉得自己简直疯了，怎么会喜欢涂晨北呢。一定是阴天的特定情景和这戏剧性的一天太杂乱，导致出现涂晨北这根救命稻草后，她太急于抓住了。

仅此而已。

她坦然抬头，真诚地盯着他："你谈恋爱啦？"

涂晨北瞪大了眼睛。半天后，他往前弹了下许烁的脑袋。

"你没事吧？"

"不是，你认真说——"许烁急上眉梢，"谈恋爱或者有喜欢的小姑娘怎么了？很正常的事情呀。"

"我谈恋爱会不告诉你吗？"

"那指不定——"许烁小声嘀咕。

"你想多了。"涂晨北低头把盘里的肉下进锅里，涮了涮，夹进许烁碗里，"吃吧。"

许烁欲言又止。咀嚼的时候，她还在思考，是不是因为她心里有鬼，所以看他也可疑。

正当她内心纠结的时候，涂晨北的电话响了。接通后，他压着声音道："喂，爸。"

涂晨北有一点好，可能是从小家教严，他在公共场合从不大声说话，哪怕周遭环境已经很吵。

紧接着，他对电话那头说："在中央商厦，嗯，跟朋友吃饭。"

许烁抬眼看他。只见涂晨北脸上显现出了一丝迷茫和无措，问："你要来？"

两人对视一眼，相互瞪大双眼。

很快，涂晨北挂掉电话，把手机推到许烁跟前，说："我爸要来一起吃饭。"

虽然是陈述句，但他的语气里满是疑问。

"叔叔，缺饭搭子吗？"许烁怯怯问道。不过转念一想，今天她和涂晨北独处已经这么尴尬了，那不如让事情变得更尴尬些好了。

她瘪瘪嘴，犹豫地说："其实，也不是不行。"

涂晨北面露惊讶，但毕竟许烁不介意，便把店名发给了涂茂。

涂茂不到十分钟就抵达。想来他应该是在附近办事，顺道来找了涂晨北。

许烁站起身迎道："叔叔好。"

涂茂一看就是端着腔调指挥惯了，对许烁挥挥手，说："坐，姑娘。"

涂晨北自顾自地吃，显得涂茂和许烁更像一家人似的。许烁略局促，放下筷子，主动自我介绍："叔叔，我叫许烁，涂晨北的高

中同学。"

"许烁啊——听晨北提过你，学习不错，有出息。"

涂茂这人不重男不重女，就重孩子有出息。而且这种出息必须达到他的那一套既定标准才算及格，显然，涂晨北不在这一行列。

"涂晨北也挺有出息的呀，不是写的稿件马上要登刊了嘛。叔叔，我跟你讲，我在电视台的新闻稿，被毙掉了二十来条呢。"

涂茂略显诧异："什么刊？"

涂晨北把菜夹到亲爹碗里，不耐烦地说："你吃饭吧。"

这顿饭吃得各怀鬼胎。不知出于哪门子礼数，涂茂结了账摆摆手说："你送小许回去吧，我见个朋友。"

涂晨北当即想问"你何必来这一趟呢，非搅得大家都不开心"，还是许烁暗暗扯住涂晨北，挥手道："叔叔注意安全。"

涂茂笑着向她道别。

这种笑是涂晨北在父亲脸上从没见过的一类表情。

一直等涂茂走出视线，涂晨北才转过身说："不好意思啊，勺子，我爸就这样，一阵一阵的。"

"你爸这种人，就需要别人捧着他、哄着他。找你来吃饭，能有什么坏心呢。你当然可以不理解他，但前提是别真情实感影响你的心情，不是吗？"

涂晨北点点头。

但其实，他在想的是，如果有天告诉涂茂，他喜欢许烁，或者未来他和许烁有继续发展的迹象，他该怎么保护许烁不受到涂茂的目光审判。

（2）

许烁这两天心情说不上来的低落，就很复杂。

关于对涂晨北产生的那些小心思，她倒不会太别扭，这事没那么紧迫。毕竟，只要她不主动表白，涂晨北对她也没意思，那么他们就能永远稳固在这种关系里。

她决定找谢子贯这大仙聊聊。

谢子贯一听她邀约，还是单独的，吓一大跳，忙问许烁你还叫了谁。许烁说谁都没叫，尤其别告诉涂晨北。

谢大仙半天回过来一段话：没什么事，就是想跟你确认一下，当然没有冒犯你的意思，但你应该对我没兴趣……吧？

许烁回过去两个字：有病。

谢子贯长吁一口气，在体育馆附近的清吧找了个清净位置等她。

许烁穿着睡衣就出了门，一见面，表情严峻地盯着谢子贯，开门见山地拽着他问："谢老板，你嘴严吧？"

谢子贯点点头。

"现在需要你为我出谋划策一下。"

谢子贯心叫不妙："你说？"

他还是希望许烁能给一个缓冲的。没承想，她和涂晨北不知道是不是受过什么诚实教育，竟然用一模一样的话术打直球。

"我好像，有点喜欢涂晨北。"

还好谢子贯已经做好了心理建设。他清清嗓子说："喜欢就告诉他啊，他肯定也有点喜欢你的。"

许烁故作神秘地摇摇头："你不了解他。"

她闷了一口酒解渴，紧接着道："涂晨北就是脾气好，对所有人都善良，这玩意儿跟喜欢不一样。"

谢子贯不可置信地挑眉毛，就差挑到了天上，问："那你是想找我'攻略'他？还是……"

"我是想找你帮我斩断杂念。"许烁一副视死如归的表情，生怕他不理解，开始举例。

"给你举个例子。"许烁把吧台上的物件聚在一起，划开相机，放大 2 倍，将他扯到取景框前，"谢老板你来看。"

"嗯？"

"用着高刷屏的手机、磨砂咖啡杯子，把屏幕调个滤镜，这样的日常固然上镜，但也仅仅是上镜。锐化的照片，我眼里的世界没有这么高清。被烟火气熏得模糊才是我的常态。我只有尽力去扒开云雾，才勉强看清更远的地方。涂涂不一样。他本来就生活在没有尘垢的落地窗前，拉开窗帘就能俯瞰这座城市。"

谢子贯知道许烁想表达什么。她是顶自信的人，当然不认为阶层阻断爱情。只是物质上优越的一方先天性占有选择权。他们是一类人，不相信爱情，只相信自己，野心勃勃。当感情褪去，要保证留有弥足的余地全身而退。

"涂晨北不是给自己留余地的人。"谢子贯笃定地道。

"但你不能否认，他是生在玻璃窗前的那类人。"

"可你知道生在玻璃窗前的小孩，可悲在哪儿吗？"

许烁摇摇头。

"可悲在当他张开臂膀，发现他距离这世界还有一层玻璃。"

许烁呵呵干乐。乐到后来，她也笑不出声了。谢子贯总是讲一些似是而非、回过头又发现充满哲理的话。

"许烁，咱俩是顶相似的人。"谢子贯觉得自己违背嘴严原则了，但既然都提醒到这儿了，许烁总要悟一悟，"相信我的判断，你俩活该天生一对。"

"那你觉得你和冯语会在一起吗？"许烁反问。

谢子贯以沉默回应。

"这不就结了。"许烁遗憾地摇摇头。

"不一样，我和冯语缺少一种共振。"谢子贯把许烁喝空底的杯子和自己面前盛满褐色液体的杯子相碰，只有一边水波颤动。

他把许烁的杯子续上酒。再次相碰时，两个杯子发出声响，水波双双荡漾。

"你和涂晨北是这样。"

不愧是导演，许烁真羡慕谢子贯的比喻能力。

但许烁有一点存疑："可冯语为什么在你眼里是空杯子？"

"因为她是女生。"谢子贯只淡漠地说了一句，顿了片刻，才延展开来。

"依世俗之见，你我都是感情里的上位者。这个社会里，男人除去爱情，拥有隐性的特权和性别的红利，怎么都不算一无所有。女孩子则不然。她会短暂地在叛逆期爱上飘忽不定的灵魂，投掷一切后，发现只剩被他人诟病。"

许烁听得瞠目结舌，谢子贯通透到让她羡慕。她承认抛开感情问题，她和眼前这位更拥有惺惺相惜的感知力。

他懒得耽误冯语这个好姑娘，也懒得耽误自己。

"谢老板，你真有灵性。如果有一天冯语不喜欢你了，我们应该会成为很好的朋友。"

"不必，我不稀得你一个。"

"你就装吧。"许烁不屑。

谢子贯也就笑笑，绕回她和涂晨北的情感话题，说："这样吧，我给你支一招儿。"

（3）

许烁半夜干躺着失眠。耳机里在播放跟涂晨北一起听过的那些歌，她的心里反而很不是滋味。

如果按谢子贯的建议，她先开了口，基本等于破釜沉舟。成年人没法像个中学生那样说，一旦告白失败了，就用"真心话大冒险输了，谁都别当真"的谎话当借口。

更何况，涂晨北一向拒绝人都很彻底。

与此同时的夜里，涂晨北也按开床头柜的灯，打开跟许烁的聊天框。

他怕许烁误会他是有预谋地待在她身边。

如果许烁不喜欢他，仅仅把他当作一个熟悉的异性，这种行径对于一个女孩子是令人发悚的。无关暗恋，而是一种以朋友为名的欺骗。

涂晨北在键盘上输入许久，最后选取了一个飞行小狗的表情包动图发过去。

他甚至都没想好要聊什么，只能暗暗祈祷许烁这会儿睡着了，他第二天早上还能扯个谎，说他失眠了，无聊乱发的。

结果下一秒，对方就显示正在输入中。

照许烁的风格，她会发个问号，或者直接一个"讲"字。

然而，大致过了七八分钟，对面的人才回过来一句：你偷我飞行小狗？

这句话在涂晨北看来比较玄妙莫测。乍一看，显示出一种随意熟稔的语气，再一想，又有种精雕细琢的试探感，让你往下接什么都能继续。

当然，许烁只是出于苦恼且尴尬的心理，才发了这么一句不痛不痒的话。

涂晨北怕聊着聊着人没了，忙接了一句：你怎么还没睡？

像素小勺：愁。

大耳朵涂：愁什么？

许烁见他顺着往下问，一骨碌翻起身，在黑暗里捧着手机，总

觉得应该先问他试试。

像素小勺：你有没有为爱情发过愁？

涂晨北猛地一下精神了。

大耳朵涂：你谈恋爱了？

大耳朵涂：所以你在火锅店问我谈恋爱没，其实是在推己及人？

大耳朵涂：不行不行不行！勺子，我不同意这门亲事，你要以事业为重。

大耳朵涂：那小子谁啊？

面对涂晨北的连环炮轰，许烁默默闭上双眼。思来想去，她决定给他预设一下场景，好让他到时候有个心理准备。

像素小勺：就是……我确实有个 crush（心动对象）。不，严格来说不算 crush。crush 是一瞬间的，你懂吧，但这小子，我是跟他慢慢了解中才喜欢的。而且这小子，就很不知好歹，我要是当面跟他讲了，他拒绝我，那多尴尬啊。你说我该咋办？

涂晨北克服掉他的阅读障碍，一口气读完这段话。

这小子……是谁这么不知好歹！

涂晨北也纠结呀。假设那小子当面拒绝了许烁，指不定他以后还有替补上场的机会；但如果有他替补的时候，说明许烁已经被那小子伤得很深，想想就心痛。

他严肃道：那你要不别表白了吧，被拒绝了多尴尬。

许烁看到这条消息，是真觉得没啥希望，抱着手机陷入忧伤。

涂晨北见她许久没回复，小心翼翼地问：睡了？

像素小勺：没。

像素小勺：就是觉得第一次有特别喜欢而且真的想在一起的人，错过这段，就再没可能了。

毕竟寒假时间这么短，等开学忙起来，有了更明确的发展计划，万一涂茂再把涂晨北送出国读硕士，她可不吃久别重逢这一套。

涂晨北可不这么理解。

他心下一惊。对文字的敏锐让他捕捉到"错过这段时间"这六个字，"这段时间"代指什么呢，他唯一能联想到的，就是电视台实习期。

所以，那小子是林周执？

许烁也是认识林周执这段时间才变得诡异起来。

涂晨北说不上来什么滋味。他掀开被子，去餐桌架子上拿热水器烧了一壶水，没开灯。除了卧室透出来的光和落地窗外的大楼反光，没什么可见度。

在热水器滋滋作响的焦灼里，他尽可能不让自己的情绪往下沉。

许烁应该是不喜欢他的，不然哪个女孩会把这么详细的暗恋细节披露给他。

纯朋友呗，叫什么来着？

恋爱参谋，爱情保安。

许烁也烦，这种被一个人扰乱心神的状态不是她的做派。时间

已经是凌晨三点，想到第二天还要早起写稿，她没再等待涂晨北的回复，把手机压在枕头下，强制自己睡觉。

第二天一早，许烁靠在地铁扶手上补觉，临到站的时候，还不幸撞到了头，额头肿了一块。

昨晚涂晨北隔了六七分钟才回复她，说什么"你可能也没有那么喜欢他吧，你要不再考虑考虑"。

她死气沉沉地把消息转发给谢子贯，痛骂这个江湖骗子：谢悠悠，你出的什么馊主意？

谢子贯慢悠悠地回复：莫急，欲速则不达。

像素小勺：问题是我也照你说的暗示了，他又不傻，是不是已经听出来我是在点他，所以话里话外了断我的念想啊？

谢子贯急需一台呼吸机。他觉得这两人就是绝配，这个理解能力一个顶一个的绝。

谢子贯回复：放心，涂晨北没聪明到这个程度。

谢子贯怕许烁冲动误事，展开解释道：要的就是这个效果。咱写剧本制造矛盾，你得埋钩子和暗示，来激发主角的情绪对不对？所以，敌动我不动，你稳住阵脚，等涂涂急了，你一网打尽。

许烁突然存疑：你为啥这么好心帮我？

谢子贯心想：当然是涂晨北烂泥扶不上墙啦，这小子为了能一直跟你待在一起，他能憋死自己。

当然他主张有计划地进行，欠欠道：因为我把你当朋友。

许烁：……

谢子贯继续说：面对面具有太多不可控性，所以你先把信写了。

像素小勺：[抱拳／抱拳／抱拳]

许烁今天没有出外勤。她坐在电脑前把稿子赶完后，左瞄右瞄，见大家都在各司其职，便抽出三张信纸，酝酿腹稿。

这个方法是真原始。

不过据谢子贯说，涂晨北是个心思脆弱的小男孩，无论他喜不喜欢你，你但凡当他面给他告白说我其实一直喜欢你，他能当场吓死。

按涂晨北的风格，是这样的没错。许烁都能想象到涂晨北那副嘴脸，要么摸着她额头问你没犯病吧，要么哈哈两声大笑，质疑这又是什么新型诈骗。

圈套，都是圈套。

许烁一写就是一中午。

城市的另一头，涂茂仰躺在办公室的床上，午休刚起，接起邹立屏打来的电话，只听对面没好气道："涂茂，让你昨天确认，确认，半天没个音儿，是不是咱儿子的事在你这儿不重要，嗯？"

"邹立屏你不要不讲道理，"涂茂的声音压过前妻的，"我昨天实打实去瞧了，是那个叫许烁的小姑娘没错，正常朋友。"

"还正常朋友……你儿子恨不得黏人家身上了。"

"你不是一直很支持他自由恋爱吗？好，我现在撒手不管了，

你倒责怪我。"涂茂把话筒开了免提，单手拎壶续上了热茶。

在涂晨北面前，他们向来是一个唱红脸，一个唱白脸，凭什么每次都要他来当这个恶人。

"我哪里讲干预他了，你这个人……"邹立屏在电话这头翻了个白眼，"我只是想确认他是不是始终专情这一个姑娘。这不，老黄那边托人又问我留学的事情，你家儿子要是真出国读硕士，那现在必须要开始准备了。"

"准备着呗。"涂茂实在不理解她多此一举。

"照这么说，你儿子还挺专一。人家姑娘要是没出国的打算，你儿子乐意啊？"

涂茂扯过转椅，不小心坐了个空，对着电话那头"嘶——"了一声。为了一个姑娘放弃前途这种事，涂晨北没准还真干得出来。

"你看这样，"涂茂思索片刻，"要不咱找姑娘聊聊，那是个不错的孩子，一块儿送出国读书也没问题。"

邹立屏说："你以为所有人都跟你似的，崇洋媚外。"

她紧接着补充道："再观察几天吧，我瞧他俩八字还没一撇呢。"

涂晨北蒙着头睡到下午。

他拉开窗帘，俯瞰街头挂着彩灯，才猛然发觉这时节年关在即，今儿个是小年。

对于昨晚他的话，许烁没给回复。

他正要去厨房给自己下口素面条吃，手机响了。

像素小勺：给你准备了新年礼物，放楼下信箱啦。

像素小勺：一定一定一定一定一定要等大年三十再拆！

涂晨北即刻套上羽绒服下楼去取。

是一封信。

牛皮纸信封，倒不像贺新春的那种活泼的喜帖，反而像提交入党申请的材料那般严肃，角落还附着"牧里市广播电视台"几个小字。

涂晨北心想：你未免太没诚意。

但他还是怀揣一颗期待兴奋、暗暗欣喜的心，拍了张图给许烁。

大耳朵涂：拿到咯。

对面很快回复，出乎意料。

像素小勺：呀，送错啦！

像素小勺：这是我给别人的……

像素小勺：你保管好别拆哈，改天我找你拿。

三句话，让涂晨北听出了广撒网的意味。

殊不知手机这头，谢子贯和冯语一左一右，围着许烁指点江山，满意地点点头。

"能行吗？"许烁忧虑地仰头。

"你放一万个心，按照涂晨北的大脑结构，他现在百分百觉得你在广撒网，悲伤又失落。"谢子贯抿了口白水，不知道的还以为他在喝茶。

许烁心想：这对我有什么好处呢？

冯语非常配合地抄起手机，说："现在需要我完成最后一步。"

许烁挠挠头，你俩倒是夫唱妇随。

很快，涂晨北又收到一条消息。

冯语：抱歉抱歉，你是不是收错了一封信？

冯语：许烁让我顺路帮她带礼物，信封都一样，不小心把你和那谁的送反了。

冯语：你别拆啊，千万别！

涂晨北百思不得其解。

大耳朵涂：哪个谁？

冯语遮遮掩掩：没谁……哎呀你别多问。

演完这一出戏，谢子贯顶着一副看透人性的表情说："相信我，埋了这么多伏笔，没有一个男人能忍住不拆。咱就假装忘记这茬事，他必定会拆。到读完信那时候，他喜欢呢，自然就大胆主动出击；就算他真觉得时机不对，也会愧于偷看了别人的信，假装丝毫不知，你俩也就能继续当朋友。"

冯语帮腔："两全其美！"

许、冯、谢三人自然静候佳音。

然而第二天，许烁收到了涂晨北的消息。

大耳朵涂：你今天什么时候有空，我把送错的信面交给你。

谢子贯闻此不可置信："涂晨北这么稳的吗？"

许烁一副"我累了，你们玩吧"的表情，怏怏不乐道："我就说吧，他从小家教很严，不会私自拆给别人的信。"

谢子贯老马失前蹄，奄奄一息："那先放着吧，再等等看。"

（4）

许烁也认为这事儿要暂且放一放。毕竟民生这边有关春运的选题垒成了山，他们这些年轻人都纷纷被外派到车站各条线上搞采访。大家虽然开一样的实习证明，但如果跟一趟车录些素材，后期就能省很大的劲儿。于是许烁和冯语分线路，买了火车软卧票，扛着一大包设备去取材。

送错的信也被涂晨北随手放在卧室的抽屉里，这件事不了了之。

白天录够了素材，许烁和冯语没有在当地停歇，买了返程卧铺票。她们坐在火车东站的候车椅上，闻着红烧牛肉面和卫生间消毒水混杂的气味，冯语一阵作呕，奔去厕所。

许烁唯恐冯语有个三长两短，紧跟着在贩卖机买了瓶水，追去看她。

临走时，她专门背起座椅上的两包设备，就怕大件儿被坏人偷走。

冯语呕到最后只剩一肚子酸水。大约是一路上火车太颠簸，隔间里的大哥们又一顿连着一顿吃泡面，她身子受不住。

许烁想起随身携带的小挎包里有晕车药，八成也能止恶心，便跑回大厅座上查看。一探不要紧，她俩的小挎包不见了。

许烁当即愣在原地。

说起来，挎包里没什么东西，没卡，没钱，只有两部手机、许烁的身份证和一些杂物。她以为这种东西不会有人偷来着。

冯语洗了把脸从厕所走出来，见许烁东问西问，弱着嗓音喊她一句："烁烁，怎么啦？"

许烁转着身子茫然回头："咱们的包好像丢了。"

两人寻到附近的工作人员，阿姨好心提醒，这种情况下挎包追回的概率实在太小。

临近厕所的地方是监控盲区，车站把两人移送到隔壁的公安局，但异地补办临时身份证需要户口本证明。

冯语倒是能走，但她一个病人折腾一晚往返送户口本，再晾许烁一个姑娘在车站留守，实在不安全。

警察叔叔对扛着大包小包的两人提议："要不你给家里人打个电话？"

许烁接过他好心递来的手机，却在拨完号那刻迟疑了下。爸爸妈妈知道了，应该会特别担心吧。

她删掉十一个数字，输入了一个全新的号码。

铃声响了好多声才接通。

那头，一个带着困意的嗓音迟钝地接起，语气疑惑："喂，哪位？"

听到这个声音，许烁昏头巴脑的神经系统突然停滞，紧接着，莫名蹿出一阵委屈。

她压着情绪说道："涂涂，你快来接我回家……"

牧里离宏城的距离，单程驾车大致要三个小时。涂晨北随手捞了件外套，心不在焉地披在身上，腿脚已经麻利地下了台阶。

从地下车库直通岔路口后，紧急叫的顺风车还有七十米到达。

司机师傅跑夜车不放心，还专门查看了下涂晨北的证件。

一路上，深夜电台讲着一些老旧的小说，音质不算清晰，略像收音机的吐字。涂晨北望着窗外时明时暗的路灯发呆。

行驶到宏城高速收费口的时候，看着荧光绿色字样的玻璃，他甚至有种恍如隔世的不真实感。

涂晨北甚至好奇，自己为什么要对许烁上心到这种地步，许烁又没救过他的命。

他行动的原因似乎仅仅是许烁向他传递了那一线讯息，而他便习惯性地回馈以一簇光亮，以免在晦暗的夜里错失信号。一个抛掷，一个拾获，他俩的关系算不上对等，但绝对公平。

抵达车站旁的公安局后，涂晨北循着名字问过去，在走廊的尽头，许烁两肩分别挂着两个大黑包，跟同样疲惫得像被抽干了魂似的冯语头抵头依偎在一起。

许烁今天没有化妆，几乎要散掉的低丸子头使得额前垂下一大缕头发，半遮盖着眼睛，眉头微蹙，睡姿不算优雅。

涂晨北蹲下，视线与她平齐。

他本来想捏脸叫醒她来着，手到了跟前，不知出于哪种顾虑，

或者是从未有过的羞赧心，他掌心一缩。他顿了下，在许烁眼前搓了个响指。

许烁一睁眼，看到那只骨节分明的手，紧接着，涂晨北的脸慢慢清晰，他扬着眉毛道："回家了，勺子。"

冯语的脑袋随着许烁的抽离而垂下，紧接着她醒来，睡眼惺忪。

她第一眼扫见涂晨北那张舒展又纯净的脸，正目不转睛地望着身旁的许烁——望着她理头发，望着她整理衣服，还扛过了她身上所有的大包小包。

冯语那瞬间只觉得美好。同为人无关，只凭运气的那种美好。

实话讲，她成长一路上遇见的女孩子们都很美好，性格各异，但不是所有人都如此幸运地拥有这么一个比亲人还亲的家人。

作为一个见证者，她也算美满。

其实在涂晨北来之前的四十分钟，民警姐姐拎着一个小挎包，来问是不是她们遗失的。

两人翻了翻里面，物件一样没丢。

民警姐姐告诉她们，是清洁工阿姨清扫时发现的，看座椅上没人，以为是乘客上车前遗落的，好心把包包送到了失物招领处。

两人道了谢，民警姐姐也叮嘱，出门大件小件都要随身带着，防的是坏人；但也得相信，世上还是好人多。

许烁醒过八分神，扶着凳子要离开。

然而，在涂晨北起身之际，就那一瞬，眼泪哗哗地从许烁的眼眶溢出，周遭一片骇人的绯红。吓得涂晨北立刻蹲下，抹着她的脸，手足无措地问："咋啦？咋啦？没事，没事，没事！勺子我来了……"

许烁似乎泣不成声，只摆手，最后硬是把涂晨北的手从脸上掰了下来，仰着头扇风。待到一个大大的哈欠过后，眼睛完全湿润，许烁才抹了两把脸，表情恢复平静，说："我没事啊，隐形眼镜太干了，刺眼。"

涂晨北失语。

折腾大半晚，许烁的脑袋晕晕乎乎。走出公安局后，他们到顺风车泊车处，她挽着涂晨北的胳膊走了一路。与其说挽，不如说倚，她身体重心都靠在他身上。涂晨北胳膊压根儿没泄劲儿，生怕许烁一个不稳跌倒了。直到上车，涂晨北都不知道自己是不是被当贴心小姐妹了。

从身后看，许烁左拥右抱的，非常诡异，冯语很有眼力见儿地坐到副驾驶座。

出乎涂晨北意料的是，许烁到车后座都没撒手。她抓牢他的胳膊，隔着厚外套，能感受到少年身体炽热的温度，在车内暖气下，她靠在他肩膀上眯上双眼，心底暗暗祈祷，恳请时间悄悄冻结在这个冬夜吧。

在无序的黑夜和共振的颠簸里，许烁反而清醒了。

她在想，就让她再无偿贪恋一次涂晨北的好吧。之后要是表白没成功，可能他们永远都不会有机会贴得这么近了。

顺风车先把冯语送回了家。冯语到了家后，非要在微信给涂晨北转车钱，当然，都清楚不是钱的问题。

涂晨北起初没要，这一趟他本就是去接许烁，他感谢冯语没抛下许烁这个笨蛋还来不及。

但冯语说一码归一码，涂晨北不想让人不舒心，便收下了。

他没有当即退出和冯语的对话框。出于某种冲动，他差点编辑消息问"你知道许烁最近到底喜欢上谁了吗"。

问这个没别的理由，就觉得那小子挺不是东西的。

要是许烁头一个给那小子发消息求救，那小子没来，难不成要许烁公安局睡一晚吗？得亏他没关手机提示音，没他兜底可不行。

但很快，涂晨北褪去了这种冲动。冯语和许烁姐妹一条心，女生在这种事上嘴巴都严，他得去旁敲侧击一下谢子贯。

谢子贯这种夜猫子自然没睡。他在那头踢开帘子，叼了根没点燃的烟，站在阳台瞭望远方，估摸着是自己的计谋生效了，鱼上钩了，丝毫不知许烁和冯语迷失车站这档子事，更不知道涂晨北风雨兼程去接了许烁。

因此，收到涂晨北的消息后，他长按语音，张口就来："知道啊——八成是她们台里那林周执吧……不过这是我猜的。"

车还有六七分钟到家。涂晨北悄悄侧过手机，把语音转成文字，实打实看到预想中的名字，心还是一沉。

谢子贯越是用"乱说"这种说辞，这事儿莫名来得越真，指不定是从冯语那边探到了口风。

他出于礼貌回了句：谢了，哥们儿。

放下手机，谢子贯不知暴雨将至，得意扬扬地在手心拍打着手机，寻思自己出生二十二年，总算成就了别人一件圆满美事。

天空突然劈下了一道闪电。

住在高层的谢子贯打了一哆嗦，心想自己也没办坏事啊，缩缩脑袋，迈回卧室。

涂晨北也望见了那道闪电。他斜瞟一眼臂弯里熟睡的许烁，咬咬嘴唇，轻叹了声。

许烁是被涂晨北晃醒的。年末，妈妈单位忙，爸爸又喜和人走动，她白天就报备了行踪，现在回家只会给父母徒增担忧。

涂晨北也默认许烁跟他回家。

因为怕天上突然掉下来个涂茂，涂晨北又把许烁带到他的秘密基地，让许烁先洗个热水澡。

路上睡了三个小时，许烁此刻睡意全无。她穿着刚买的睡衣，湿着头发走出浴室，问涂晨北吹风机在哪儿。

涂晨北难得沉默，沉默得像一个普通帅哥。

他低着头故意没去看许烁，蹲下身从抽屉取出吹风机，还非常得体地替她掩上了门。

许烁咬咬牙，从门内抓住门把手，反手把吹风机递给他，说："你帮我吹吧。"

"你的手伤到了？"涂晨北的手还搭在把手上，一愣。

许烁本想假装，说自己扛相机扭到了或者怎么样，但出于某些

不可名状且非常没必要的准则，她还是诚实道："没有。"

涂晨北杵在原地，抿了抿嘴，不坦荡的人是他，人不能掩耳盗铃一辈子。为了避免以后不必要的麻烦，他认为有些话应当讲。

"要不咱就保持距离吧。"

浴室寂静的环境显得声音越发刺耳。而且，他们之间无孔不入的默契，让许烁敏锐地做出判断，他没在开玩笑。

她牙齿一酸，问："为什么？"

明明在公安局还好好的。

涂晨北想的是，你总不能让我名不正言不顺吧。

许烁则以为，涂晨北知道她喜欢他了，她是单箭头。

见涂晨北保持沉默，许烁的语调反而降下来："你生气了。"

"没有。"

"不是……"许烁完全没心思吹头发，她甚至后悔自己开了这个口，把这层本就脆弱不堪的窗户纸捅得千疮百孔。她将吹风机放在洗手台上。

涂晨北说："其实咱这个年龄有喜欢的人很正常，谈天谈地的朋友也会有裂隙的时候，我们都冷一冷吧。我的问题。"

他还把问题往自己身上揽。可越是这样，许烁越觉得，涂晨北连掰扯的耐心都不留给她了。

"对啊，所以我有喜欢的人怎么了，因为喜欢，所以咱俩就没法处了是不是？你的意思是满大街那么多小情侣，对象和朋友这个身份只能极限二选一？"

"当然不是这个意思。"涂晨北噎了下，也有些百口莫辩，"假设你以后有了男朋友，比如今天吧，你出了事又找我又找他，他不来，或者我不来合适吗？"

许烁无法代入涂晨北语境的前因后果，这话经不起推敲，就好像为了搪塞她，找了一个听起来很正确但细思无理的借口。

她不可置信道："可是我只找了你一个人啊。"

事到如今，比起表白成功或失败，许烁更显著的情绪是憋屈。她没再跟涂晨北辩驳，抽了条毛巾擦头，把涂晨北甩在了门外，这导致涂晨北睡的沙发。

第二天一早，涂晨北脑袋凌乱地起床，自己都不记得昨晚是几点睡的，再一看手机，都九点五十分了。

阳光打在他脸上，他猛然想起昨晚对许烁说的那些话，话说得有点太绝了。

人真的容易在晚上做错决定。

涂晨北掐指一算，许烁这会儿肯定没起，忙不迭地起身烧了热水，等她起床应该能喝上温开水，又打开外卖软件找周围的早餐。

他刚跟许烁吵了架——这是他俩某种意义上第一次真正吵架，按许烁的脾气，她指定拉不下脸出门，涂晨北心想得把外套拎上楼，好让许烁不那么尴尬。

他转身去拿摇椅上的衣服——

不见了。

外套、卫衣，都不见了。

涂晨北一拍脑袋，走到玄关，才发现拖鞋已被换下，规规整整地排列在那儿；楼上卧室门大开着，床单被罩都被铺得平平坦坦，一尘不染。

许烁好像真被伤着心了。

·第七章·

前方未知路段，请不要绕行

两个人的友谊太拥挤，我们不如变成一家人？

（1）

许烁年前的任务就是把素材剪出成片，把选题一个个轮过，这段实习基本就告一段落了。因此，她年前这几天不用到岗。

中途妈妈回了趟家，让许烁把年货扛上楼，顺便化个妆，晚上要去她大姨姥外甥女的表姐家做客。

许烁顶着眼袋，像被吸干了似的呆滞地看向妈妈，问："我该怎么称呼这位姨甥表呢？"

结果妈妈比她还茫然，愣了下，说："不管了，反正逢人叫姨就对了。"

许烁："妈，你似乎跟这位姨不熟。"

"是不熟。"妈妈拉长了语气，"她呢，在医院工作，上次你姥爷住院，也是托她连夜找了床位。亲戚之间嘛，不想欠这个人情——哦，她儿子也是大学生，搞科研，挺厉害的，可以交个朋友。"

许烁严重怀疑父母口中"朋友"这俩字的准确性。

昨晚之后，提起这茬她就应激。她发觉自己是真的和"异性朋友"这四个字八字不合。

本着一个批判性的态度，她点进去公众号，打眼一瞧，通篇在讲爱情，归纳三个关键句就是：

1. 本周很有可能谈恋爱。

2. 很有可能和旧人谈恋爱。

3. 回头会发现有人默默在背后喜欢着你。

许烁低声骂了句"假的"，立刻关掉了界面。这玩意儿除了身体健康方面之外，没预测准过。现在，她看到一切关于涂晨北的消息或者不切实际的想象，都下意识想避开。

谁想冷处理呢？要不是没办法。

许烁洗了把脸，把扑湿的刘海撩到脑后，打开补光化妆镜，美美化了一套公主系妆容。

网上不都说嘛，"公主读书法"，美美地坐到图书馆，开启美好学习的一天。那她就是"公主失恋法"，美美地祭奠自己还在襁褓中的爱情。

涂晨北在电脑跟前坐了一下午。

他的手搭在键盘上，平平地抚过每一个键。他是容不得键盘里留灰的人，又从书桌里抽出一盒棉片和吸纸，把有可能藏污纳垢的

地方统统擦拭个干净。

很快，发热的屏幕又粘上了新颗粒，他再度上工具擦，倒饬到最后，甚至觉得自己能开一家涂哥手机贴膜，也能挣不少钱。

短暂的忙碌后，涂晨北变得很暴躁。

这个世界上怎么会有清洁电脑这么傻的事？

这个世界上怎么会有他这么傻的人？

最终，涂晨北生无可恋地举起手机，两眼一闭，发了个消息。

大耳朵涂：勺子，对不起。

很快，对话框被红色感叹号退回。

他被拉黑了？

涂晨北确认了一眼。嗯，拉黑。

没关系，只是拉黑啦，至少没把他删掉。

涂晨北把腿跷在桌子上沉思。转椅突然往后滑，他猛地一下失重。还好座椅被后面的玻璃书架抵住了，才避免他摔个脑袋着地。

唉，报应来得这么快吗？

涂晨北默默立志，以后要当个遵纪守法三从四德的好男人，不然是要遭天谴的。

由于上次被许烁她爸拉上楼"拜访"，他加了许烁爸爸的微信，于是他不得不出此下下计，言辞恳切。

大耳朵涂：叔叔您好！我是小涂，抱歉打扰。有些急事找许烁，请问她在家吗？

对面很快回复：在，但她下午六点要跟她妈妈出门走亲戚。

涂晨北回复：[敬礼 / 敬礼 / 敬礼]

后面祝福了一长串新年快乐，就差感谢老许家祖上十八代了。

就这么边聊边走，他一溜烟蹿到了许烁家楼下。

恰好，许烁搬着要送的礼先到了楼下。涂晨北像从五指山下压了五百年的猴子脱笼，不知道从哪儿冒了出来，许烁乍一看是个黑影，还以为是哪儿来的贼子想绑她当人质，大叫一声："啊啊啊啊，救命——"

涂晨北猛地捂住她的嘴，小声道："别，别，是我，是我……"

许烁这才换成一种厌弃的表情，扯开他，说："你烦不烦啊。"

"烦，特别烦。"涂晨北厚着脸皮，"不烦哪有跟你道歉的机会是不是？"

"不用，你说得没错。"许烁不想多言。

"聊聊嘛。"

"要去陪我妈妈串门。"许烁拎了下手里的货，证明自己没扯谎。

"远房亲戚，也不至于吧。"涂晨北知道许烁家连着上一代都是独生子女，没有关系好的表亲，更不会有哪儿突然蹦出来的一个姐姐或哥哥。

许烁注视了他两眼，而他曾经在她面对赵泽时见识过同样的表情——不耐。

"可我答应好了我妈。今天后来的人是你，我不去拜访这个亲戚当然没什么，但这就意味着我妈要独自面对她同样陌生的环境，

这样不好。"

"那没事，"涂晨北思考了下，打回旋，"我在你楼下等你，回来聊。"

许烁没想好怎么面对他。这时，单元门口很清晰地听到电梯"叮"的一声响。

两人双双对视。

紧接着，许烁一把将涂晨北轰进灌木丛里，说："别别——别让我妈看见了！烦死。"

涂晨北："……"

（2）

许烁挎上妈妈的胳膊，一路来到这位大姨家。

在激烈似吵架似的问候声里，她瞥见沙发上大姨的儿子正跷着二郎腿坐在沙发上，对一切不感兴趣似的看网络电视。

她坐在他的另一边，同样没什么礼数又沉默地跷起腿玩手机。

终于熬过打招呼阶段，长辈们这头开始劝许烁妈妈让许烁考博，待遇多么多么好，不然许烁是家里唯一一个女孩，以后不好找对象；话又转回来一圈，说其实早找了对象也不一定好，矛盾都提早了……

许烁对这些废话左耳进右耳出，忽然听见妈妈的声音弱下来，并不似进门那样客套，只是柔柔道："烁烁的事情，看她开心吧。对象呢，能找到最好，找不到也不是我家姑娘的问题，你们说对吧？"

对方忙说是是是。

许烁抿了抿嘴，莫名想哭。

她真的是顶幸运的小孩，在同龄人里，有兄弟姐妹的同学们不可避免地存在"偏心"的问题，独苗家庭里，又不乏出现家长控制欲过强，孩子反而容易压抑的现象。她的爸妈给予了她宽松的空间，从各方面来讲。

许烁突然变得很想跟人说说话。

在这之前，她跟涂晨北吵架的事情没跟任何人讲。负面情绪是个会传染的东西，外泄只会让别人一同被影响。

她总是这样。

在电视广告的欢声笑语里，她想起自己大一刚入学时，顶着暴雨，站在图书馆门口发抖，最后在闭寝前五分钟冒着大雨淋回宿舍。

她当时边跑边想，要是涂晨北在就好了。

在楼梯间打通电话后，她一张口就号啕大哭，自己都不知道在嚷嚷什么。涂晨北扔下水杯跑去阳台，彻夜安慰她。

连同之后自己丢了项目，工作高压，社团里抱团，被偷了外卖等等不值一提，但每拎出来一件都值得崩溃很久的事，都一并讲给他听。

讲到最后，许烁嗓子都讲不动了，她开始怀疑对面有没有在听，结果涂晨北很认真地点评了每一件事，并给出了细节性的开导。

她清楚地记得，那天她一直在重复几句话：

"涂涂，我好想你……"

"寒假你要第一个跟我吃饭。"

"涂涂，他们都是坏蛋。"

后来，她以为涂晨北见面会拿她开涮。事实是他就像听完一场电台故事那样，潜意识地铭记，但泯泯于他的人生里。

许烁觉得，她以后应该遇不到比涂晨北还全能的男生了。她向"爱情参谋"谢子贯发泄：

唉，愁哇。

爱而不得，惨哇。

所托非人，命啊。

谢子贯，我恨你啊。

杀。

谢子贯看见最后一个触目惊心的"杀"，困惑从心中来：贫道可为您解惑一二？

许烁只字不提昨晚事，只顾发疯：涂晨北他压根儿不喜欢我！

谢子贯回之以大大的问号：他喜欢你啊。

许烁说：你不用安慰我，我都被拒绝了。

谢子贯觉得这两人肯定有一个掉链子了：不应该啊。他上次亲口说的喜欢你。

许烁当然认为他这种人被闪电劈死一百万次都活该。

谢子贯当即把聊天截图甩她脸上，附言：你自己看。

许烁对着截图逐字默念："我好像有点喜欢许烁。"

许烁抱怨：你不早说？

谢子贯震怒：告白哪有我在中间替你们的呀？你咋不让我帮你俩吃饭呢？

许烁又气愤又好笑，悲喜交加，仿佛失去了表情管理的能力，只发了五个字：借你吉言哦。

身侧的那位科研大表哥不知何时开始观察她。许烁搓了搓脸，心想自己这么貌美如花吗，也不至于这么快就爱上自己吧。

谁知，这位看起来没比自己大几岁的男生，只是默默从茶几上抽了两张纸递给她，很怪异地说："你好像哭了，但我也不确定，要不你擦擦？"

回家的路上，许烁思忖半晌，还是决定给妈妈一五一十讲了自己喜欢涂晨北并且想跟他在一起的事情。

虽然他们还在冷战，但似乎对于今晚即将发生的未知，她只有期待。

她以为妈妈会忧心忡忡，或者极力阻拦。毕竟妈妈之前说过，不要跟小涂在一起。许烁连辩解的说辞都想好了。

没想到，妈妈只是在红绿灯的间隙沉默片刻，早有预料般地把着方向盘点头，说："你眼光比我们准，保护好自己。"

"你都不管管我吗？"

"你还想妈妈管你啊？"

许烁摇摇头，抠着安全带的边沿，一时五味杂陈。

（3）

如许烁所料，再回到楼下时已然晚上十点，涂晨北没走。

他的手撑在花坛边上，头低垂着，在树荫的遮蔽下只露出一块后脑勺。他的自然发色很黑，头发很浓密，不知是不是青春期没有跟风染过头的缘故，发质也干蓬，在月光下有种别样的质感。

许烁站定在他面前。

"聊。"

"你让我先说。"涂晨北抢过主动权，遏制住她的开口。

"嗯。"

涂晨北见她还站着，便起身，很庄重的样子，把她按坐在花坛上，他反而站得笔直，像在跟老师汇报，只是开头猝不及防。

"上次在谢老板车上，你说随便找个人谈谈。"

许烁回忆她什么时候说过这话，那时候无爱一身轻，大胆发言，怎么也没想到涂晨北记到现在。

"我乱说的。"

"那不如找我。"

话音落下，周遭风吹树叶，发出窸窣声响。

没等许烁回复，他紧接着道："这段时间对我挺煎熬的。你说你有喜欢的人，我每天都在被旁敲侧击、疑神疑鬼，感觉你身边出现的每一个人都有嫌疑，或者在我看不到的地方，遇到我不认识的……都很有可能。我接受人拧巴的一面，但我讨厌拧巴的事情。喜欢或者不喜欢，一句话的事情嘛，早晚我也会问出口的。"

或许是怕许烁一口回绝，他见缝插针，跟谁要抢断他的话头似的抢先说："你一定听我讲完。我知道，我这个人野心不强，可能也不是成大事的人，但正好和你互补嘛。没什么不良嗜好，也没有大男子主义，脾气慢，人还算……可以吧。家境还行，你喜欢的我都能给你买；有耐心，你不喜欢的我都能改；我爸妈那边你放心，不会让你受委屈。要是你实在觉得咱们不合适，就装没这茬事。"

说到最后，他声音渐弱："我觉得，我是喜欢你的，勺子。"

许烁耳朵听着，思绪却飞走了。她是一个习惯逃避惊艳的人。比如看完一部好剧，紧接着要面对一阵空窗期；看完一本好书，似乎再阅读的内容都食之无味；同理，她遇到了一个很好的人。

不都这么说嘛，最高端的美食往往只需要最简单的烹饪方式。浓墨重彩的人压根儿讲不出哪里最好。就像刷小某书，她总是会被各色图片吸引。哥特风美甲、模特照、匠气视觉设计……无一不会激发她的拥有欲。在获取之后归于乏味，寡淡才是生活常态。

没有非要不可。

越来越发现，朋友变少了也是同理，她不以此为羞。

妆面变素了，她的特立独行并没有为之折损，而是长久寄住在她体内，日夜共枕。

话变隐晦了，可棱角丝毫未减，转头喜见有人同你相视而笑，才恍然，一同步入人生下一个阶段，毋须多言。

太惊艳的人不能成为寒假限定记忆，或许重逢，或许别离，回来的一路上，她都在思考，该怎么不让这段关系慢性死亡。

对着蓝色路牌"前方施工路段，请绕行"这句显眼的话，许烁痴愣了很久。人生里的施工路段，不一定要绕行的，但显然，涂晨北比她早一步做好了所有打算。

他对着摇摆的许烁，扬起嘴角："前方未知路段，请不要绕行。万一涂晨北还不错呢？"

（4）

请不要绕行，万一涂晨北还不错呢。

何止不错啊。

许烁静静地听他讲完这段话，听他一口长气，像狂奔一千米那样煎熬。

涂晨北目光灼灼地盯着她。

许烁舌尖顶了下上颚，眨眨眼说："知道了。"

知道……了？

涂晨北听许烁这个语气，就想起他又爱又恨的大学辅导员。这无异于打球赛要给辅导员请假，对面过好久回个"哦"，但审批界面"待审核"三个字纹丝不动。

涂晨北手搓着裤管，平静地一呼一吸，生怕惊扰了许烁的决断似的，呆呆站着。

飞机划过夜空，轨迹拉得比汽车尾气长，在黑幕里不见消弭。

"知道啦，还有事情吗？"许烁似乎听到了什么稀疏平常的事情，比如涂晨北告诉她，他喜欢吃面条，不喜欢吃米饭，如此淡然。

涂晨北不敢相信自己的耳朵。他拦在她身前，像球赛上阻拦对方发球那般警惕。

"然后呢？然后呢？"

"然后吧……"

许烁歪着头想了想，笑道："然后我觉得你那天做得特别不对。"

"是是是，我的错，我的错。"涂晨北点头哈腰，差点没给眼前这位爷跪了。

谁让他喜欢人家呢。

谁让他爱而不得自作自受呢。

他这辈子除了重启应该没别的招儿了，在许烁这儿，少爷的身，奴才的命。

许烁纠正他："我是说，许烁有喜欢的人这件事，你怎么就咬定不是你呢？"

她手插兜，微晃着身体，很放松坦然的姿势，向涂晨北挑了挑下巴。

"不是，怎么可能是我嘛……"

涂晨北也想顺杆爬，但又怕被人当头一棒，呵斥谁教你给个杆子就往上爬的。

许烁要是喜欢他的话，怎么会给他讲自己有一个心动对象，怎么会把给别人和给他的信送混，怎么会说出"而且这小子不知好歹，我要是当面跟他讲了，他拒绝我那多尴尬啊"这种话。

就算他涂晨北一万个对许烁不动心，他也不会让许烁尴尬。假

设他不喜欢许烁，他也会拍拍她的肩膀说"姐妹，你就是韩剧看多了，大伙都哥们儿"，或者他会说"给你三秒钟，立刻不喜欢我。三，二，一"，又或者苦口婆心道"都是假象，你其实不是真的喜欢我"……

不过这都是他的臆想罢了。

毕竟他不喜欢许烁这个前提就是个伪命题，老天也没给他拒绝许烁的机会。太不公平了！

正当他大脑处于宕机的状态，只听见许烁续上刚刚的话题："再说啦，就算许烁喜欢上了别人，你就不能争取争取，真讨厌你这种没好胜心的男的。"

涂晨北一时间都没听出来她话里的意思，他甚至怀疑许烁借这事儿说出了心声。

心碎死了，他现在生死未卜，还得被人一小撮一小撮地在伤口上撒盐，这种痛苦程度不亚于剜骨刺心。

但紧接着，许烁一把勾过他的脖子，招招手，示意他把耳朵凑到跟前。

涂晨北于是乖乖低下头。

"但是吧，我对我未来男朋友有一个标准。"许烁故弄玄虚。

"你说。"涂晨北微微抬眼，像是仰头看见了希望。

"长得帅，脾气好，最重要的是，好胜心别太强。"她得出结论。

"你刚刚不还说，讨厌没好胜心的男的吗？"涂晨北无辜发问。

许烁耐下心，深吁一口气："老城区有家糖水铺子，每天排队爱情是你，敢在艳阳天，毫无愧怍地表白他，让他来图书馆接你。

思考到最后，我的结论是没必要区分到底是爱情、爱情或是亲情，我想都是有的。只是这个阶段，我们的自然演化成了爱情而已。

我想，永远不要捅破这层顽人的窗户纸，这样就可以一直和你待在一起。

但是啊，涂涂，我真的很喜欢你。

喜欢到会忍不住想，如果在我没来得及告诉你的时候，你喜欢上别的姑娘，我得有多遗憾。

喜欢到去关心那份为傲的担汤，宁愿用穷穷绦绦的方式去一次次试探。

喜欢到如果我再这么假装下去，会让这份情感变成对我们的亵渎。

所以宁愿被拒绝，我也要问。

两个人的友谊太拥挤，我们不如变成一家人，可以吗？

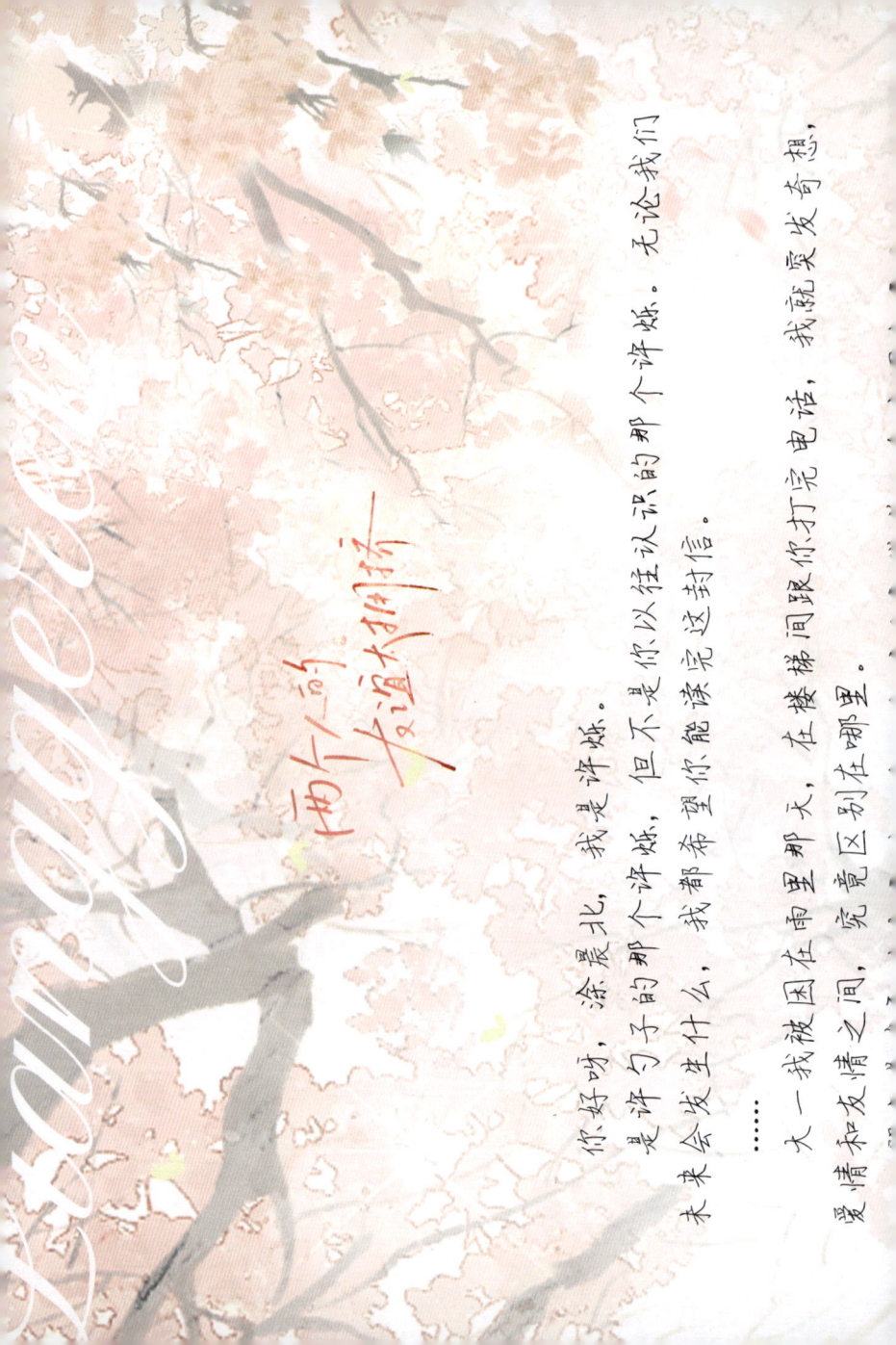

写给未来的你们

你好呀，涂晨北，我是评娥。

是评勺子的那个评娥，但不是你以往认识的那个评娥。无论我们

未来会发生什么，我都希望你能读完这封信。

……

大一我被困在南昌那天，在楼梯间跟你打完电话，我就突发奇想，

爱情和友情之间，究竟区别在哪里。

的人从街头绕到巷尾，我排队排到崩溃，说真讨厌这家糖水铺子，你认为我真的讨厌这家铺子的餐品吗——"

"不讨厌……吧。"

"所以？"

涂晨北正色："你是想让我帮你排队买这家糖水铺子？"

许烁心想：你那脑子不用可以捐了。

"我是说……类比，类比你懂吗？"许烁被涂晨北整急了，本来是想逗他一下就答应，但现在她是真有点反悔。

"类比。"涂晨北拐着调"哦"了下，"就是说，你非但不讨厌那家糖水铺子，你反而很喜欢吃。"

许烁点点头，接近真相了。

"同理，你非但不讨厌没好胜心的男的，相反，你其实喜欢没好胜心的男的。"

许烁再次点点头。

"那么已知，涂晨北是个没有好胜心的男的，那么你喜欢——"

直到看见涂晨北循循善诱，扬着眉毛期盼她的答案，许烁才发现，她被设套了。

"你故意的啊？"许烁气急败坏。

涂晨北得寸进尺，反手扣住她的后颈，凑近道："说说嘛，那么你喜欢……"

许烁瘪着嘴，白眼道："滚。"

"滚之前，先让我听个明白呗。"涂晨北的嘴都咧得有些酸，

就等她一句话，就一句。

许烁彻底被他折腾烦了，孤男寡女，在楼下待了这么长时间，偶然一抬头，就看见爸爸和妈妈两个身影埋伏在窗帘后偷窥。

她索然无味地说出那句话："我喜欢涂晨北，行了吧。"

值了。

涂晨北内心为自己拍手叫好，脑子里顺便播放起了《婚礼进行曲》，然而表面上，他惊讶捂嘴，仿佛听到什么惊世骇俗的话语，虚声道："什么？你喜欢涂晨北？是那个长得帅、脾气好的涂晨北吗？你什么时候喜欢他的，请问是因为人格魅力还是……"

"你好吵啊。"许烁把涂晨北的胳膊从肩头掰下来，"喜欢代表什么呢，啥都不算。"

她细细分析："你看古往今来，有情人终不成眷属、棒打鸳鸯、阴错阳差比比皆是，你别高兴得太早咯。"

"你说什么，我听不懂。"涂晨北捏紧太阳穴做无知状，"反正许烁肯定会跟涂晨北在一起的。"

许烁冷呵两声，没否认也没回复。

"但你为什么不觉得我在开玩笑？"他这次是真疑惑，偏要问到底。

许烁抖抖肩道："这就是信息差的重要性。"

她掐着表，自顾自地插兜晃着身子上楼，说："走了，你也早点睡。"

涂晨北目瞪口呆。怎么，他告白告一半，还要来个一夜的中场休息是吗？

他斜过身子，远远问道："所以，咱俩算在一起吗？"

花坛的小路铺满瓷砖，许烁拐了个弯，半晌没吭声。直到涂晨北都感觉她不会再有回应，准备挠挠头走人的时候，许烁步履没停，背着身子，高高举起右手臂，比了个"好"的手势。

那就是——我们在一起啦。

涂晨北一生里做过上百道阅读题，认识上千个英语单词，在翻译版块被老师拿红笔扣掉过数不清多少分，但这是他最胜券在握的一次。

保准全会，蒙的全对。

"噢，对了，"许烁走到一半驻足，转头叫住涂晨北，"那封告白信，你拆开看看。"

说罢，她的身影消失在单元门内。

许烁没有跺亮声控灯。

相反，她站在漆黑的楼道里，任暂时的黑暗遮蔽眼睛，听远处的烟花绽放声响灌入耳畔，心跳怦怦。

涂晨北，应该被她吃得死死的。

不过也公平，毕竟她现在，也被涂晨北吃得死死的。

涂晨北愣了半天，才反应过来她说的是哪封告白信。他在楼下痴站了五分钟，倏然回神，忙奔回家，从抽屉里取出那封他本以为许烁要送给别人的信件。

他划开牛皮纸。白底纸、浅红横杠的加粗顶头，一行打眼的黑

字左对齐栏头，字迹清秀，无比明晰。

收信人：涂晨北。

在暖黄的顶光下，他的手指紧攥信纸，又生怕折损，只得在裤子上一次次擦拭手心渗出的汗，逐字逐句地读信。

你好呀，涂晨北，我是许烁。

是许勺子的那个许烁，但不是你以往认识的那个许烁。无论我们未来会发生什么，我都希望你能读完这封信。

……

大一我被困在雨里那天，在楼梯间跟你打完电话，我就突发奇想，爱情和友情之间，究竟区别在哪里。

朋友是在瓢泼大雨时，你一句话他就举着雨伞去图书馆接你。

爱情是你敢在艳阳天，肆无忌惮发消息轰炸他，让他来图书馆接你。

思考到最后，我的结论是没必要刻意区分到底是友情、爱情或是亲情，我想都是有的。只是这个阶段，我们自然演化成了爱情而已。

我想，永远不要捅破这层烦人的窗户纸，这样就可以一直和你待在一起。

但是啊，涂涂，我真的很喜欢你。

喜欢到会忍不住想，如果在我没来得及告诉你的时候，你喜欢上别的姑娘，我得有多遗憾。

喜欢到丢失我那份引以为傲的坦荡，宁愿用弯弯绕绕的方式去一次次试探。

喜欢到如果我再这么假装下去，会让这份情感变成对我们的亵渎。

所以宁愿被拒绝，我也要问。

两个人的友谊太拥挤，我们不如变成一家人，可以吗？

可以吗？

涂晨北顺着信里的语气问自己。

他打开备注为"许勺子"的聊天框。

大耳朵涂：信我看完了。

大耳朵涂：许烁。

大耳朵涂：我也——

他嘴里低声重复着，谨小慎微地输入最后五个字。

大耳朵涂：特别喜欢你。

·第八章·
小涂未来规划：许烁

一千个人眼里有一千个 cheems，
但许烁只有一个涂晨北。

两个人的友谊太拥挤

（1）

许烁没乘电梯，摸着黑爬上的楼。

实话讲，她没有做好跟涂晨北谈恋爱的准备，但这不怪涂晨北，相反，正因为是涂晨北才让她有了些心安理得。

客厅里，爸爸在看电视，尽管她知道爸爸在偷瞄她。

许烁对着偷瞄的老许吐舌。紧接着，她径直敲响浴室的门，妈妈正系着睡衣吹头发，她悄悄掩上房门，咧嘴酝酿了一下，才开口："妈妈，你今晚可以来我卧室睡吗？"

打小学四年级，也就是十岁，许烁就住单间了。后来初一的时候月经初潮，妈妈担心她发育期产生不必要的生理羞耻，短暂地陪她住过一阵。

再后来，她们就各抱着各的手机入睡了。

"啊？"妈妈还是怔了下，或许是母女俩这两年不似小时候亲，怕许烁误会她抵触沟通，立刻接道，"妈妈当然没问题。"

许烁换完睡衣就趴在床上，在身侧给妈妈留了一块足够躺下聊天的空地。

"其实我不想瞒你，我跟涂晨北，大概是要谈恋爱了。"许烁举着未解屏的手机说。

妈妈也没想到现在的小孩动作这么迅速，刚刚在车上还讲自己喜欢人家小男生，这会儿两人都要确立关系了。

"那不是挺好，妈妈恭喜你。"

"但我害怕跟人亲密相处。"许烁半爬起身，把抱枕压在身子下趴着，"你见过街上的人吧，同吃一份冰激凌，共用一部手机，同回一处住所……我知道那是别人的人生，我无权去指责，但当预测到它将发生在我身上的时候，我会恐惧。"

妈妈背靠床头半坐，理着许烁的头发，微微皱眉："可是没有人要求，你们一定要谈得和大多数人一样啊。你不喜欢甜腻的关系，你就要在一开始寻找适合你的人，并且告诉他，保留私人空间不代表不爱，这样就好了。"

许烁柔声回道："我是怕被恋爱磨平棱角。我还怕有一天，涂晨北对我没有耐心——你知道的，他特别负责任，所以他肯定还不会表现出来，我指不定都察觉不到。这样一来，对我们两个多可悲。"

妈妈闻此揽住许烁的头发，失笑："孩子乖，你想这么远啊？"

她以为按自家女儿的性情，谈谈就行了。

"别人是别人，涂晨北的话不一样。"

"别说是涂晨北，就算是爸爸妈妈，也是别人。你爱足自己，自然有人去爱你。"

许烁点点头说也是。

妈妈紧接着叮嘱："还有性生活，妈妈不是不支持，早晚会有的。你去年打完了九价，但和他必须也做好措施，包括卫生上和安全上，你可以答应妈妈吗？"

许烁突然想起高考当年，转校后她曾因为压力过大当了一阵子摆烂学生，后来妈妈到学校看她，她一气之下说自己不想读书了，就是讨厌读书。

妈妈静静地坐在沙发角落，恹恹地对她说，你想好，如果不想读书，我们退学。

许烁想了一晚上读书的意义，最终决定休整一天去上学。那次之后，她答应了妈妈，这次一定好好读书，不论别人说什么、做什么。

和那时她答应好好学习一样，今天和妈妈聊了很多，其实父母只对她有一点要求：爱够自己，不准糊弄。

涂晨北放下手机后，人窝在书桌前，魔怔似的敲着手机，等待许烁回复。等了整整一个小时，不见讯息，这样太不值钱了。

他去洗了个澡。

不知是不是天气原因，热水器抽风似的时冷时热，上一秒滚烫，下一秒冰得人怀疑人生——跟许烁的态度似的。

涂晨北写了这一期的稿子，开始在朋友圈发疯。

大耳朵涂：想死想死想死想死想死（23:17）

评论区很快打出一排问号，唯独不见许烁。

梅开二度，他又发了一条，同样的内容。

大耳朵涂：吓死吓死吓死吓死吓死（00:08）

评论区：

你在看球吗？哪场比赛，战况这么激烈的吗？

许烁刚结束和妈妈的聊天，点进他的聊天框，看见上面那条"我也特别喜欢你"，按灭床头灯，笑着输入文字：晚安涂涂。

很快，涂晨北又更新了一条朋友圈。

大耳朵涂：险胜险胜险胜险胜险胜（1:11）

凌晨一点半，许烁在最后那条朋友圈下留了个赞，并留评道：许烁许烁许烁许烁许烁。

在一系列问号和"哈哈哈哈哈"当中，涂晨北唯独秒回复了这一条：险胜（耶）。

（2）

许烁在除夕前一天约涂晨北出来见面。

涂晨北用一侧耳朵夹着手机，一边跟谢子贯打电话，一边从衣柜里取出一床衣服。最后又怕谢子贯眼见不见不为实，他直接转音频到视频，摄像头对着眼花缭乱的床面。

"穿哪件？"

"涂晨北，你哪儿来这么多丑衣服啊！"

谢子贯自从深度参与许烁和涂晨北的感情事后，丧失了一些神性，他变得很暴躁。

他指挥涂晨北一件件拎起来展示，又让涂晨北一件件扔回床上，说这衣服丑，也不合适。

涂晨北讨厌带大字母标的所有衣服，因此来来回回就那么几个颜色，不是黑就是灰，变着法子前卫。除了打底色，其余一排衬衫，但不是成功男人的衬衫，而是那种绸质的宽松衬衫，属于解构风，蛮后现代主义的，穿在模特身上好看，就是搭上涂晨北这张脸，写满了五个字：我爸是涂茂。

谢子贯也疑惑，涂晨北这么个没审美的玩意儿，是怎么买到如此超越性的衣服的？

涂晨北诚恳地回答，要么是这段时间没衣服穿了，被实体店柜哥柜姐一忽悠，就打包走人；要么就是被他的纨绔朋友们转发了品牌资讯，看到什么买什么。他也不懂那些软件，懒得加谁谁推荐的朋友代购，在官网上下单，一了百了。

今日回春，谢子贯起初替他选出一件外观低调的工装外套，黑卫衣配宽松直筒裤。

涂晨北嫌这身穿搭太随意，配不上他一个在谈恋爱的人。

谢子贯指着他鼻子骂，说你看清自己涂晨北。

"见过你妈公司营销艺人少年感不？你比那些明星都清爽一百倍，非想要把自己包装成暴发户小儿子形象，要不要给你再配

只法斗呀？"

法斗，国际都市街头经常有人牵着这个物种上街，显得老有身价了。

涂晨北听了很愤怒，都是小狗，哪有什么三六九等。

他锐评："再说了，你看天天穿着平克弗洛伊德文化衫出门的，有几个是真懂摇滚的？"

谢子贯本来想夸他说话越来越有理了，突然发觉："涂涂，你啥时候懂摇滚了？"

"许烁的歌单啊。"

"你听完还去搜？"谢子贯不可置信。

"不然许烁听完歌都没人聊，多孤单。"

谢子贯当即听呆了。

爱不仅能超越物理维度，还能让一个不学无术的文盲进化成学习型人格。

走在路上，许烁还是不由得惊叹，谁家男朋友啊？这么帅。

之前涂晨北的帅她半分不放在眼里，曾经还跟舍友打趣，说她但凡谈个大帅哥，就天天带出街溜达，向全世界展示她那有几分姿色的男朋友。

真谈了才发现，涂晨北帅是够帅，拿脑子换的。

这不，路上人流熙攘，偶尔有小情侣擦肩而过，不是挽着就是搂着，只有她跟涂晨北两人一左一右，晃着胳膊踩马路。

许烁纠结好久，内心跃跃欲试，终于把左手摊开放在涂晨北面前，说："手。"

亲亲抱抱太腻歪，手总能牵吧。

结果，涂晨北低头看她的手，眨了两下眼，左手握拳状态，比画到她掌心内侧。

"我石头，你布。你赢了。"

许烁：你还挺会礼让人的。

涂晨北今日最终戴了一个银色金属框平光镜，潮归潮，但隔着镜片，总有一种滞存的无知，简称大脑空空的美感。

许烁差点被他气哑："涂涂，你到底会不会谈恋爱啊？"

涂晨北咽了下嗓子。

要说实话吗，其实是不太会的。

许烁沉默了，她把涂晨北甩到身后，独自去逛店。

在推开玻璃门的时候，微蜷着的手忽然被另一片温热包裹，指尖往她指缝里钻，十指相扣。

说不心动是假的。

许烁回头，见涂晨北亦步亦趋跟紧她，神情毫无波澜，似乎在伪装成经验丰富的情场熟手。

她一眼识破，扬起右手，戳了戳涂晨北的侧脸，说："别装了。"

涂晨北半秒破功，别过头傻乐。

许烁："快说你说喜欢我是假的。"

涂晨北："为什么要说谎？"

许烁："这样我还能有七天无理由退货的机会。"

涂晨北一头歪倒在许烁肩上，软软的短发还能蹭到她脖侧，狗皮膏药似的黏在她身上。

"你干吗？"

"小涂人形挂件已拆封使用，微瑕，不支持无理由退换。"

许烁拉着涂晨北的手，走进一家中古杂货店，在木质架子上取出一包信纸，店家说可以写好了送出去。

"狗皮膏药"突然抬头："你还给人写信啊？"

"嗯，给你爹的新年礼物。"许烁平淡如水。

涂晨北直接"醋"从中来，问："这老头凭什么跟我一个待遇？"

"凭你们姓涂的全家都是不能正面沟通的生物，凭他是你爹。"

"你为什么给我写就用电视台的破信封啊？"涂晨北紧咬不放。

许烁以看傻子的眼神戏谑他："破信封显得像广撒网，不然怎么激你拆信啊？"

涂晨北恨谢子贯恨得咬牙切齿，许烁反问他："你敢说你不是这么揣测我的？"

涂晨北："纯属谢子贯下套，电影做得好的人都懂心理学。"

许烁冷呵："男人最了解男人，这叫'基本盘'。"

涂晨北内心直喊冤，谢子贯那盘能跟他的盘一样吗？再说，这人要不是许烁，一百个谢子贯也拿不下他。

他下巴垫在桌面上，干嚼了嚼嘴，略冤。他的视线刚好落在许烁刚买的信纸上。卷轴边的羊皮纸，上面有浅浅的横线，许烁起笔勾了两行称谓。

"你别看。"

许烁余光瞥见，赶忙捂住信件。

涂晨北直摆手，说："好好好，我回避，我去买咖啡。"

他端着咖啡想了一路，为什么给他爹写信不给他瞧，还得叫他出来，最后得出结论，捉摸不透的都叫恋爱的非必要性。

人刚坐定，许烁递给他一盒模子和颜料块。

涂晨北扬起手端详，问："这是什么玩意儿？"

许烁说："火漆印章，就你在信封上盖的那戳。怕你无聊嘛，做点小手工。"

涂晨北折开说明书，大致流程是放色块进小碗，压成圆饼，粗暴盖戳，晾干完成。

简单。

涂晨北撩起袖子，有模有式。

等许烁写完的时候，涂晨北的小手工也做好了。正面是模板上的可爱小狗，类似帕恰狗，但比它瘦，形似边牧。

"你给你爸盖帕恰印章？"许烁瞪大眼睛。

涂晨北把玩着小狗印章，翻到背面，用小尖刀浅浅嵌下"涂"和"勺"。

"涂师大作，送你。"

许烁接过打量一二，觉着这玩意儿新奇，便把相框调成正方形，

捏着边缘拍了个正面，斜立的视角，反而像小狗自拍。

涂晨北扶了下眼镜，说："你拍反面。"

许烁一转，看到光溜溜的反面只有"涂"和"勺"两个毫无艺术性的手写字。

"反面有什么好拍的？"

"你不拍我拍。"涂晨北握着许烁的手，拍下了写着他们名字的一面，随手一截，发到了朋友圈。

谢子贯秒评：9。

涂晨北将手机拿到许烁眼前，吐槽："为啥这人明明每天很忙，还能成天泡在手机上。"

"能懂。"许烁点进谢子贯的主页又退出来，"有的人专注力差，干两分钟活，玩十分钟手机；他专注力好，干半分钟活玩半分钟手机，主线任务没崩呗，效率总归高。"

"你对他评价这么高？"

"嗯哼。"许烁心不在焉，继续写纸上的字。

涂晨北揉了一把乱糟糟的头发，他在想怎么变成谢子贯这种帅男人，八分的长相干到十分的气质。

倒不是他乱吃醋，他只是在想，换成谢子贯，会怎么跟姑娘谈恋爱。

他偶尔也会羡慕谢子贯这种男人。换成谢子贯跟许烁单独出门，能毫不露怯地看他看不懂的展，不用费尽心思去扒这个音乐是什么门派，里面有什么讲究，随口拈来这个调度、那个构图。

许烁只会照顾他，打发他做小手工。

店主是个闲散的中年叔叔，戴着一副挂着链条的圆黑框眼镜，他看完了一部于涂晨北而言完全摆设般的黑白电影，紧接着换播彩色片子，名叫《百花深处》。

许烁听闻那熟悉的京味儿，敏锐得像嗅见猎物般抬眼，在看到哑黄色镜头那瞬脱口而出："《百花深处》啊！"

"这你都看过？"涂晨北不理解，世上这么多部电影，他们这些人怎么一部部看过来的。

"算是陈导比较有灵气的早年作品，拉过片。"

涂晨北比起黑白电影，倒是更能接受这部的色彩。牧里也是古城市，地缘上和片里还是比较相似，内容是讲老浪潮没落此类的，他大致能共情一二。但他在观点上保持了沉默。

没错，是在藏拙。

趁许烁写信的间隙，他看完了这部十分钟左右的短片。

许烁没抬眼，只在片尾时问了句："如何？"

"让我这个外行说，必定好。"他说道。

许烁心说你不用谦虚，观影这玩意儿很主观，好的东西自然也客观。

"就算谢子贯来也说好。"

"谢老板，在你们行业很牛吗？"涂晨北单纯发问。

"青年翘楚吧。"许烁补了一句，"和奖项无关的那种牛。"

涂晨北"噢噢"两声。

许烁写好把信纸对折，装进纯色信封，盖上涂晨北亲手制的戳，交给老板保存。

中途她跟老板浅聊几句，涂晨北默默在一旁付了款。等到她回过神去扫码时，老板摆摆头说你男朋友扫过了。

许烁听到"你男朋友"这四个字，愣了下。

好魔幻啊。

一回头，发现涂晨北已经侧立在门口等她。正值午后黄昏，橙色光芒溢出木门缝隙，在涂晨北的脸上一掠而过，像藏在百叶窗后的肖像，英挺而纯净。

涂晨北应该是她遇到过的最干净的男孩子。

他不交四面八方的朋友，不赶乱七八糟的流行，处事不算精明，但智慧刚刚够用。偶尔也会有点缺爱，但获取爱的方式不是讨要而是付出。

许烁小跑着挽上他的胳膊。

涂晨北扯扯眉头，在冬日梧桐树下的街道里走几步，贸然感慨了句："我之前以为，你会找个谢老板那样的未来对象。"

许烁很新奇地咧起嘴："为什么突发此言？"

"你们是高效的人，那种对视一眼就知道对方想什么的状态，省去了语言赘述的贫瘠。可惜我没有。"涂晨北憾然叹道。

"这样的人，除了极致的相似得以相爱——蒋满卓和李棹听说过吗？其余多数是扬不起水花的。"

许烁想，她和涂晨北是最好的状态。不会因为神秘的褪去而变得寡然无味，亦因性格的错位而严丝合缝。

"不过我确实没想过，初恋就是你。"

涂晨北别开脸笑："太魔幻了……"

许烁笑着笑着，突然敛住了笑意，因为"初恋"这两个字，两个经常被人用作回忆的字。

她撞撞涂晨北，说："你说，咱俩以后会不会分手？"

涂晨北听着这俩字心往下一坠。像一个小人儿立在他的心口，猛地从悬崖一跳而下，心脏蔓延开一片密密麻麻却无迹可寻的别扭。

他面容平淡地回答："不会，闹分手也不会。"

许烁半追问半逗他："那我要是把你甩了，或者就真谈不下去了，咋整？"

"就别让我知道。"涂晨北认真地盯着她，"你如果爱上别人，一定要藏好掖牢，别让我察觉到；不想谈了也别单删或者冷处理，你就借口想跟我当回朋友之类的，这样我以后还能找你说说话。"

许烁凝望着他那张不像在开玩笑的脸，慢慢又听出了笑意，道："你想这么真啊你！"

她伸出小拇指，说："那拉钩吧，咱俩谁都不准分手。"

涂晨北伸出手，钩住她的小指。深冬的街上没有人，落叶铺平了前路，他的拇指同她按在一起。

都说十指连心，那一瞬间，他的心真的如同被戳上了印章，倏然回缩。

和许烁正式在一起的时间很短很短，树叶堆叠，如同望不见边的毯子，却足够他一眼望穿未来很多年，属于他们的温和日子。

许烁没有立即松开涂晨北的手。她轻轻挨近，环上他的后颈，趁涂晨北没缓过神，在他的侧脸烙印下一个吻。随即，她极快地撒开手，笑他颊侧被她标记上的勃艮第色口红印，并迅速掏出手机抓拍了一张。

一位买菜大爷骑着大"二八"路过，笑着看这对小情侣，许烁也捧着手机乐。

涂晨北胡乱地抹抹侧脸，没擦掉，反而晕染开一片红。

他决定去公路转角处的橘色凸面镜照一照。

许烁很快跟过去，对准凸面中心张大嘴巴，有种骇人的可爱。涂晨北趁机对镜子中央比出拳头，并掏出手机拍了一张。

照片里，女孩张着血盆大嘴，能一口吞掉一个侧脸红晕的奇形怪状男生的拳头。

许烁拍着大腿笑不停。

她配上表情包，麻溜发了出去。

尽管冯语这些朋友见怪不怪，但放在朋友圈里是相当炸裂的。曾经的同班同学排成整齐的队列：

同学 1：你你你你你你俩！

同学 2：你你你你你你俩！

同学 3：你你你你你你俩！

……

. 236 .

涂晨北跟许烁一边闹，一边偷了她朋友圈的图，也发了同样的内容，文案：我我我我我俩！

同样的一批人瞬间来袭。

涂晨北记起上学那时候，他跟班里除了许烁外的所有女生都处于浅尝辄止的"姐妹"关系，会帮大家点外卖，会帮大家倒垃圾，所以在女生里风评还不错。

这次大家倒是换了个水军文案：

同学1：没发现啊，藏挺深你小子！

同学2：没发现啊，藏挺深你小子！

同学3：没发现啊，藏挺深你小子！

……

就连赵泽这主儿，也狗尾续貂地跟评：藏挺深啊你小子。

冯语也甩过去一长串"9"，祝福他俩长长久久。

共同好友里，数许烁爸爸的赞最让她震惊。

晚上回家，他拍拍沙发让许烁坐，皱眉半天，还是问出口："你和小涂定了？"

许烁点点头。

她的性格更像爸爸些。但是她在互联网上看到好多帖子，说女儿找对象，爸爸反而最承受不住，再开明的性格也不行。她心里也有点忧，毕竟没提前跟爸爸聊，生怕他一个不乐意对涂晨北起了意见。

父女俩至少干坐了十来分钟，等电视剧都到了尾声，他才不得

已破了这层冰。

"算了，"老许挥挥手，"早晚的事，是小涂我还放心点。"

"老许。"许烁唤他。

"嗯，还有事儿？"

"你怎么松口这么快啊？"她得寸进尺，"我看别人家都是死乞白赖留住宝贝女儿，你恨不得把我送出去是不是？"

老许实打实递给亲闺女一个白眼。

他弓身去拿放在茶几上的 iPad（平板电脑），掀开皮套，翻了两页寻到微信，点开备注为"小涂"的聊天框。

时间显示两天前，也就是她刚刚跟涂晨北确定关系的那天。

对面发来一个方形链接，点开是一个可操作的动画。

动画直观上是一个类似 procreate（一款绘图软件）的界面，线条简笔画勾勒出一个模子，点击填色，弹出一个头重脚轻的动画小男孩歪头笑。他的脖子上还挂了一个工牌，许烁上手轻点一下，画面放大，手写字迹铺展开来。

姓名：小涂（涂晨北）

生日：2002.10.05

小涂的身体：O 型血、无遗传病、已预约 HPV。

小涂在哪里：牧里政法大学、哲学系、大三。

小涂会什么：做饭、写东西、画小人、球类运动。

小涂不会什么：谈恋爱（但是会学……）

小涂未来规划：许烁。

浏览完这个界面，老许退出屏幕。再往上翻，是一长串白色聊天框，密密麻麻的字。许烁没太看清。

但原来，涂晨北比她早一步就料到了见家长这件事。

涂茂在除夕当天下午收到那封信。

叔叔你好，我是许烁。

仅从涂晨北那里略有耳闻，对你还不算了解。大约，你在获得"封建大家长"这个名号前，应该也拥有一些别样的灵魂（比如酒吧相亲这件事就蛮前卫的，哈哈）。

我在想，如果我是你的女儿，应该会是你青睐有加的那种小孩（有自夸的成分啦），尽管我不认为这套标准用在涂晨北身上是量身定制。

没别的，想通知你一下，我和涂晨北谈恋爱啦，以后啊，大概率也会有结婚的打算，你也算多了半个争气孩子。所以，放开手让他做一做吧。

其实一开始我特别紧张，怕你反对，已经脑补了一大出棒打鸳鸯的戏码，不过写起信来也就不害怕啦。我就是觉得，你比我们多看过几十年的人生，结过一次婚姻，爱过不止一个人。见多了人情世故的人，比谁都明白，什么样的感情能够存活。

最后呢，觉得祝你事业成功太俗，就祝你爱情自由，宽宽敞敞吧！

同样，邹立屏在外地的家里也签收了一份礼物。只不过那不是信，而是手绘的放映券。

我的未来毕设片。

致我们的独立与白热。

寥寥两句话，许烁说尽了所有。

邹立屏在娱乐场上阅人无数，自立通透的女孩子，她将永远为之存留一份温柔。

（3）

大年三十那天，许烁睡到了中午十二点。她醒了后掀开锅，发现剩了两碗面条的量。妈妈发来消息，说她找妯娌去打牌了，爸爸则说春节局里忙，过去看几眼，不用等他。

许烁知道这是他的托辞，老哥们儿聊天聊地，也正常。她有她的一圈朋友，爸爸妈妈也该有。

许烁拧开煤气阀热面，对涂晨北发牢骚道："今年又没人跨年了。"

"我也没。"涂晨北正在清扫旧年的最后一次卫生，把拖把靠在餐桌旁，腾出手回复，"那晚上见？"

许烁这头刚把面条盛出锅，说："成，等姐化个妆，美死你。"

涂晨北："……"

如果按一年三百六十五天，许烁三分之一的日子都化妆来看，涂晨北平均每年要被美死一百来次，现在应该死得透透的了。

等许烁抵达涂晨北家，他没有立即让她进门。他掰过她的大拇指，按在指纹盘上，底端发出蓝光，穿透她的指甲盖。

涂晨北让她拿指纹再解锁一次，成功了。刚进门，他从玄关踢过来一双牛油果绿的好看拖鞋，随口问："你给我爸说啥了，好神奇。"

许烁踩掉鞋跟，发觉涂晨北的选品审美变好了，抬了下眉毛问："怎么？"

"涂茂竟然给我打电话，说抱歉今年来不及陪我跨年，来年补上。"

许烁瞠目结舌："你爸还真有诚意。"

来年补上这种话，能说出来也是天才。

"对他来说已经很不容易了。"涂晨北摇摇头，之前涂茂可是装都懒得装来着。

许烁回答起涂晨北起初的问题："不是我给你爸说了啥，是他本身就爱你。"

涂晨北没否认，扯开沙发上的毛毯坐下，递过 iPad，说："看啥，自己挑。"

许烁输入原密码解锁，振动了下显示密码错误，像是在摇头。

涂晨北斜了一眼，说："你生日。"

许烁发现涂晨北这厮诡计多端。就是料定她要来看电视，那必定要用 iPad，所以将密码换成她的生日。

没有人的视线能逃过那张 cheems 狗屏保。一个头戴生日帽，

举着一杯热可可，嘴里吹着花口哨的 cheems 狗。

配字是"一切都会过去的，给你一杯热可可"。

许烁戳戳屏幕上那只狗："你在搞什么 cheems 狗元宇宙吗？"

"你没听说过 cheems 狗的故事吗？"涂晨北作为一名忠实的 cheems 狗推广大使，当然要给她科普一二。

他清清嗓子，说："大致是有人制作了一个视频，主角想不开要上吊，在最后时刻 cheems 狗突然出现，砍断了绳子还语重心长地说：'这个世界上有很多爱你的人，比如爸爸妈妈、朋友还有我，我不希望失去任何一个。'弹幕里都在说'谢谢你 cheems'。"

许烁望着涂晨北诚恳的眼神，像是在讲述正儿八经的现实主义故事，用手背拍了他下。

"涂涂，你怎么这么傻白甜啊？"

许烁倒是听过一个版本，说柴犬 cheems 打小的梦想是去北极看极光，并不断为之努力。直到有天它受够了日复一日的生活，终于在看到极光后却陷入无限虚无，直到遇见一只海鸥。

她复述给涂晨北听。

其实在许烁看来，视频的立意是一方面，但她不喜欢这种为赋新词强说愁的创作方式，仿佛就是为了说明什么而给一个活物符号化。人有时候真的没那么重要。但想了想，cheems 狗本身就是一个传播符号，倒也没什么了。

涂晨北听罢深刻总结："一千个人眼里有一千个 cheems。"

许烁拢着头发笑，在想为什么涂晨北总能一本正经地讲出这种毫无营养的话。

一千个人眼里有一千个 cheems，但许烁只有一个涂晨北。

出于播放版权的原因，许烁最终挑选了一部《过春天》投在电视上。此时窗外的天和影片里的恰好一样，是灰蓝色。

涂晨北撑起身去拉上窗帘。

其实影片前半部分还是比较搞笑的，隐喻性和情绪化的镜头很多，涂晨北一口一个离谱。

"这姑娘不会喜欢上男主了吧？"

"这两人是不是要掰了？"

"这男的是不是坑她呢？"

"走私犯法，她不会被抓起来吧。"

……

"你有眼不会自己看？"

许烁懒得跟他解释这玩意儿。你说他真的看不懂吧，也不是。文史哲和视听艺术都是相通的，涂晨北是装傻充愣习惯了，就想在许烁面前贫个一两句而已，嘴不停歇地问东问西。

涂晨北自讨没趣地闭嘴。

顶柜上的灯光会让片子的色彩失真，许烁关掉了所有灯。

光源消失后，屋子里呈现出一种近似影院的观感。涂晨北慢慢看进去剧情之后，反而人变安静了。

"过春天"的意思，在黑话里是借助一些不法手段过海关。影片里讲到男主角带女主角干的最后一票，是用工业大胶带粘着手机

往女主角身上捆。

红色的暗室里，镜头微微抖动，仿佛身后的人在屏气凝神。撕拉的胶带声里，将要从海关偷运的手机缠绕着女孩，男主角从背后围住她。

那不是怀抱，也不是厮磨，只是捆手机。

"我感觉这是我这些年来看过的最精彩的情欲戏。"许烁习惯性以为自己在影院，怕打搅周边人，凑近涂晨北耳朵，轻声分析。

"然后吧，后来我看导演采访，说其实这个喘息声，不是演员的。"

"嗯？"涂晨北的眼神从屏幕挪开，本想发问，但在红色光的黑暗里，他直直对上许烁的眼睛。许久没开口的声音融化进暧昧的背景音里，屋里开了暖气，更加暧昧。

许烁喝了口桌上的饮料，发觉气氛有些怪，突然反应过来，自己是跟男朋友在家里一起观影。

"我说到哪儿来着？"

"说喘息声不是演员的。"涂晨北盯着她的眼睛回答。

"哦哦。"许烁有些许不自然，试图拿内容打趣，"导演说呀，是摄影大哥的呼吸被采录进去了，哈哈哈哈，好笑吧……"

许烁忽然发现自己拧巴的点在哪儿了。

她只对朋友坦荡，而不愿承认爱情。总喜欢把氛围搅散，保证自己拿到绝对的制动权，说到底是缺乏安全感。

她想涂晨北也感受到了。

影片色调骤然转蓝。

许烁一瞧变场景了，指着屏幕道："你快看，转场了，不然剧情跟不上。"

她说着，拿着遥控器后退到两人错过的片段，她观影不喜欢走神。

涂晨北一把按住遥控器，连带着她的手。

寂静的空气里，她闻到涂晨北身上的木香，和她身上那款东京愈疮木很像，但不一样。

他按了暂停，房间里只剩他一个人的声音。

"勺子，想接吻不丢人，爱不起才丢人。"

许烁盘坐在地毯上，拽住涂晨北棉衫的侧缝线，捏紧在手里。

涂晨北按住沙发座，一手扒过许烁的后脑勺，上半身压过来，他干燥地吻在许烁的眼下。与其说是吻，不如说是触碰，代表着一种试探。

许烁鼻腔连带着牙齿突然有点酸。

她在想，涂晨北怎么这么有礼貌啊，接吻都要先用这种小动作征求女孩的意见，其实不用的。

她想主动一次，至少让涂晨北感受到，她在努力地感知他。

许烁松开衣料，更深地环住涂晨北的腰，骨头似乎硌到了她内腕的血管。

涂晨北开始吻她。

吻到深处，他搭在沙发上的那只手抬起，握住许烁的下巴，再轻轻扫过她的耳根，跪起身，换个角度继续进行。

在对待许烁的所有事上，他都很认真，包括接吻。

吻了一段时间后，由于缺氧，许烁头有些昏。她不自觉地把手指伸进涂晨北的发间，而他反抓住她的手，扣在身前，微微发抖地压住她的掌心，似乎在按捺住内心那些汹涌澎湃的欲望与感情，沉着声线道："勺子，我们的时间还长。"

……

他们最终看完了一部电影，秉着跨年的仪式感，许烁播放了一首坂本龙一的《Solari》。

涂晨北听过他最负盛名的那首《Merry Christmas》，没再深入了解，是许烁带领他深入了这片领域。

"其实几年前，在我的成长期，我更想天真地成为一个 legend（传奇）的人，像教授那样，传递某种情绪或概念，成为一个铺垫性的人。"

涂晨北大致懂她的意思。恒久的事物比眼前一亮更具惊艳性。

"但是吧，抵不住我的性格很刺，业务能力也算不上天才，只能靠厚积薄发的努力来创造昙花一现——当然，现在发现，这也是一件蛮有难度的事情。"

涂晨北想，许烁现在年龄还很小，看不出什么大端倪。但她拥有不闻不问不计较的性格和一双望向远方的眼睛。

"纪录片里，他说，'这是我的……赞美诗。'也是致敬塔可夫斯基电影《飞向太空》的曲子，但在特映上却选择了他的其他两部片子。从那篇小说，我又摸到了《索拉里斯星》这首中文歌，严格来说，歌词略逊一筹，作曲和编曲上都不错，至少拯救了我每一个坐车往返学校的晚上。

"是传统意义上的悦耳，但悦耳没什么不好。"

涂晨北托着脑袋，说："你早就给我'安利'过了，下一个。"

"有吗？"许烁抠抠脑袋，"这你怎么也记得啊？"

而且，她都"安利"过了，他还静静听她讲完，涂晨北这小子，还挺有耐心。许烁想着想着就笑了，对她这个急性子，他俩还真是互补。

"你笑什么？"涂晨北不解，而且莫名其妙。

"笑你超爱。"

涂晨北也无奈跟着笑。

喜欢许烁的原因很简单，她是一个精力有限的人。在有限的时间里，她把目光投向书籍、音乐、电影电视这种可留存的东西。

与她对比，涂晨北就是个大俗人。

许烁的精神世界饱满，就算有一天她没有伴侣、没有学历、没有物质，她依然可以活得充实。

涂晨北在当代择偶标准的凝视下，一定是个耀眼的人。

而许烁本身，就像她的名字一样，简单而耀眼。

这一次跨年的习俗没有春晚。

涂晨北从机顶盒旁边的抽屉里，搜刮出买电视送的两个配套话筒，任由许烁举着它跟唱。

歌单调到许烁歌单里的那首《艳火》。在伴奏声里，涂晨北不知何时拿起了手边的话筒，流利地跟上隔断的语句。

许烁惊喜挑眉。

扑火
我们相视笑着
扑火什么也不说

涂晨北的声音音域窄，像海水拍上岸屿，柔和而清冽。

许烁在想自己怎么会遇到这么好的一个人。

他本该优越不凡。可他会记得你的所有爱好，包容你的一切锐利。情绪稳定的人就是如此，虽然他也会存在苦恼和慌张，但在短暂的纠结过后，他会坦然地承认，那就是成长。

涂晨北对世界温煦，一如世界待他。

是的，许烁想，涂晨北拥有比大多数人都幸运的命，至少与生俱来一切顺利，可他没有愧对上天赐予他的奖励。

有时她会羞赧，自己从涂晨北身上索取了太多，而涂晨北只会像他屏保上那只狗那样，顶着花哨的帽子，大手一挥，仿佛在说：送你一杯热可可，一切都会过去的。

之前许烁一直以为，未来对象会是个跟她志趣相投的人。比如都懂点人文，听些摇滚，会忧心社会，有旗鼓相当的事业心……这些涂晨北都没有。

但涂晨北有的品质，全世界仅他一份。

他是个很好的人，他眼光不错。

不过话说回来，这证明她更不错，许烁想。

房间里，顶光暧昧，在虚幻与真实交杂的潜梦里，交叠着两道嗓音。它们跃动在不同的错轨，却充斥着弹性的向心力。

许烁的头搭在涂晨北颈窝，听声音隔着骨头传导。

于是你不停散落我不停拾获

我们在遥远的路上白天黑夜为彼此是艳火

于是你在前方回头

而我亦回头

……

（4）

年后，谢子贯如约聚上了出游四人组，驱车前往水库。

冯语和谢子贯爬到山顶，看完了一整场落日。冯语说她应该会留在电视台，争取转正。

谢子贯说他文艺片拍得够多了，也没有特别想拍的东西，想接触点工业化的电影，乐呵乐呵。

冯语吐槽了他一句："谢子贯你这人，真虚伪。"

谢子贯发现冯语也跟许烁越来越像，喜欢没来由呛他一口，无可奈何。

"行，我就是大俗人，想拍大俗片。我是大俗人，也想交朋友。"

他向半山凉亭上那对小情侣抬抬下巴，说："偶尔也需要跟你们这种小傻子交交朋友。"

冯语回他一个白眼。

谢子贯这人，做个朋友挺好的。

许烁开学后忙起了片子。

开春的时候，杀青了。和大多数在校生的作品不同，她拍了一部喜剧片，就是觉得前两年都用来学习、做项目，趁毕业前她也得给自己留下什么，所以她提前使用了那张观影券的兑换权。

在谢子贯的牵线下，她联系到了一家教室大小的小型放映室。影片风格比较柔和，叙述型的，没什么自我感动。

邹立屏推门到来。

这些日子，自从邹立屏得知许烁和涂晨北在一起的消息，就时不时给她寄好看的衣服、珍稀的碟片，还有余池巡演的票券。

一来呢，涂晨北打小就喜欢过这一个姑娘。

二来，她也想最后来问一遍许烁，想出国吗？

许烁仰靠在放映室最后一排的座椅上，听邹立屏讲了来由，盯着片尾曲的花絮出神。直到黑屏，她认真地说："不太想。"

话毕，她停顿了几秒补充道："要送涂晨北出国读书也没问题嘛，我俩都有自己要干的事。不是说我一定要跟谁谁谁结婚所以双向奔赴，那样太无聊了，顺水推舟吧。"

邹立屏沉默半晌，说："很遗憾，你俩好像没有顺水推舟考验缘分的机会。我儿子呢，也咬定不出国。"

许烁眼神里有些不解。她知道涂晨北可能会抵触，但一口咬定的态度，实在出乎她的意料。

"那你何必来问我这一趟呢？"

"因为他没你有主见，或者说，他的主见是基于别人期待的。他的预设里早早考虑到你俩可能因为这件事遭受感情的危机，所以一口拒绝。其实这些选择对他都一样，他在哪儿都一样。"

"那你和叔叔会把涂晨北送出去吗？"

邹立屏笑着摇摇头："随他吧，这孩子差也差不到哪儿去。"

许烁嘴角含着笑低下头，搓了搓手指，说："他应该比你们想象中的再厉害一些。"

"但愿吧。"

许烁错开沉重的话题，说："噢，阿姨，我该怎么称呼你？"她比画着，"就是……感觉以后都是一家人，但叫什么都奇怪。"

邹立屏能理解她的意思，笑道："叫我阿姨，或者 Zoe，我的朋友们都这么叫我。一个呢，我跟涂茂离婚了，冠以夫姓的称谓，我不喜欢。我不后悔生下晨北，但比起当一名母亲，我对自己更感兴趣些。二来，这种嫁接的称谓对生你养你的妈妈不公平，你当然懂的吧。"

许烁点点头。包括后来称呼涂茂这种大家长，她也带上个姓叫涂爸。倒不是怕跟老许撞称谓——许烁不习惯叫老许"爸爸"，她

直呼"老许"。

涂晨北后来也带姓称呼许爸和陈妈，其实都是从许烁这边学来的传统。

放映馆的人来催出场，十分钟后又下一场放映。

邹立屏挽着许烁往出口走。在推开影厅门的前一刻，她回过身对许烁说："阿姨羡慕你。羡慕你在二十一岁就拥有掌舵人生的能力，羡慕你淘得起大风大浪，也能平稳行驶。"

后来，当许烁成为一个合格的成年人后才明白，邹立屏这番话是什么意思。

她也很感谢涂晨北。在二十一岁为她铺垫出顺畅的友情、爱情、亲情，好让她有更多的精力筑造自己，至少在内耗和绝望的时候途经一条缓冲带，省去了许多用来疗愈自己的时间。

这一天，涂晨北拿到了驾照。

在《池与宴》的大部头完结前，他写了几篇偏市井的文学，投稿在报纸上、文摘里，作者栏里留了他的微博——大耳朵涂，目前有五六千个粉丝，平日里不太上号。

他只关注了六个人，入围青年电影节主单元的谢老板、微博认证是牧里电视台媒体人的冯语、屏北娱乐 CEO 邹立屏、作家乐哥、一个起名非常没水平的素人帅哥 zz，还有，一个头像是像素小勺的生活号。

他随手拍了张驾照内页发在微博上。绿纸白底，短发男孩平和地望着镜头，似笑非笑。

点赞稀稀松松，实时评论里，他第一眼看见的是短短两个字：载我。

他文不对题地回复：今天吃什么？

那头回：随便。

顶头通知栏里，一个书法体头像的联系人发来一条消息：儿子，晚上吃什么？

他照猫画虎，也回复了个"随便"。

有人疼的小孩都能肆无忌惮地说随便。

涂晨北知道一切都会随时间化解，可他要赶在化解之前，用文字记录下独属于他二十来岁的兴奋、蹩脚与心悸；不是用来回味，仅以此记录，这帮人曾生动地活过。

那一天，《驾驶我的车》在许烁学校放映，而涂晨北也驾驶着他的四座越野车，穿梭在国道和村庄，漫无目地在这一方狭窄与宽敞的旷原上，不见轨道。

许烁回忆起她两年前有幸参加了导演映后交流，再重逢就是全球荧幕上获奖的大导演了，她想，人这命真说不准也急不得，该来的总会有的。

许烁下巴垫在车窗，感受风如水流般淌过脸，细腻又柔软，呓语似的唤了他一声："涂涂。"

涂晨北不确定是不是自己幻听了。

"嗯？"

"我好爱我的二十二岁。"她说道。

　　涂晨北打着方向盘，在两旁玉米秆林立的小路上驾驶，脱口而出。

　　"我也好爱——

　　"你。"

—正文完—

·番外·

属于他们的温和日子

两个人的
友谊太拥挤

（1）

大概过了很久的一段时间，久到二十七岁，也就是涂晨北认识许烁的第十年。

他做着人们口中的自由职业，一笔一笔版权跟流水一样进兜。涂茂也没看错，这孩子确实没大出息，傻人有傻福。涂晨北调侃，这跟收租有什么区别，新时代包租公。

偶尔有几个影视公司来请他做挂名闲职，他也不缺这些钱。

涂茂还是高估了他的出息。

恰与他相反，这五年，许烁在省台做过栏目编导，转岗新媒体，再到一个项目组做纪录片导演。事业上升期嘛，难免动荡。

这天，许烁踩着鞋回家的时候，电视还在放，是许烁工作的那个台。涂晨北捏着抱枕，人侧着沙发睡下了。许烁撤走了他身下的毛毯，按灭遥控器，屋子里只剩一盏电视灯。

涂晨北是被流水声唤醒的，许烁卸完妆出来，见他晕晕乎乎搓了一把头发，沙哑着嗓子："给你煮了粥在电饭煲焖着，我去盛。"

"涂涂。"

"嗯？"

"你明天能陪我去离职吗？"

"好啊。"

这就是她跟涂晨北这些年的相处模式。许烁总是喜欢做一些离奇的决定，比如台里综艺大热的时候，她申请转岗新媒体，又在新媒体最旺那两年，申请去拍纪录片。同事们夸她是风向标，总能瞄准大热的那款。

涂晨北往往是被告知的那一方，他从不问为什么，这次也一样。

第二天是个周五，许烁化了全妆，穿着米白色衬衣和枣红色裤子，喜气洋洋。她给门卫刷了工作证进院，涂晨北说你先上去吧，我找个地儿停车。

纪录片中心在十八楼，而人力部门在十七楼。她先去把最后的材料移交，摘掉了工牌，眼看人事把卡片放在机器上消磁，才推门而出。五年说长不长，很多都成了习惯，比如从十六楼拐出来，她习惯性去演播楼盯电视直播，走一半才发现错了方向——她今天是要离职来着。

楼内就两台电梯，果不其然，她刚好遇上停完车的涂晨北，手

里还拎着两大兜咖啡。

"这是干吗？"

"怕你哪天后悔了，哭着喊着要回来上班，结果因为离职走得太狠心被狠狠拒绝。"

许烁头撇到一旁偷乐。

栏目组的新人老人都凑来送行，涂晨北走着走着就被挤到了人墙以外，他挠挠头，默默把咖啡放在休息台上，埋头收拾许烁的工位。

编导们的桌子一眼望去是要犯眩晕症的——材料、收音器、云台、鼠标、耳机、手办、废弃咖啡瓶……然而他还是一眼认出了许烁的桌子，它寂静得像个空座。像许烁这种成天出外勤的人，是不会坐在那里成天办公的。

有同事七嘴八舌地在羡慕她。

"烁烁，走得好不如走得巧，你说咱一天天累死累活拿那点死工资，早辞早解脱。"

"话说你下一步准备跳槽去哪儿？转大厂？"

"那种吃年轻饭的地方，你可要多考虑考虑哈。"

……

越大的职场越没有朋友，许烁的性格让她在编制里如鱼得水，但这不意味着百分百的坦诚。她已掌握了信口胡诌的要义，倚在桌子上说："我呢，要结婚了，老公够富，所以奋斗这些事儿，再说吧。"

刚毕业吆喝当独立女性，工作两年吆喝嫁有钱无子且濒死的有钱人，认清现实后加班到晚上十二点，在路边吃十五元一碗的馄饨摊，这基本是当代打工人的成长路径。

至少在许烁身上，当苦命打工人跟拥有一个有钱对象两件事并不冲突。

许是工位片区过于喧嚷，栏目负责人都从独立办公区出来巡视，简单道别一圈后，许烁的眼神落在责编的身上，说："姐，我走啦。"

张责编是个手段强硬的女性，忙起来扯着四岁的娃在办公室干通宵那种。她示意许烁进办公室，掩上门说："走是因为待遇问题，还是你觉得站错队了？"

"您跟李主控，都是很有能力的人。"许烁吸了口气，"实际上我从没觉得我在站队。只是欣赏您的性格、喜欢您的风格，所以每一次都坚定地支持您的决策。但我也承认是因为站队——今天我作为一个小职员，要面临站队的问题，等二十年后我成为掌握权力的人，我就要面临被站队，总有人为之前赴后继。这样的日子太累了。"

"片子呢？就不拍了？"

"拍，但我想歇会儿。"

"好吧。"张责编红棕色的薄唇咧出个微笑，"真羡慕你们年轻人啊，那姐姐祝你前程似锦。"

许烁走回工位，发现所有杂七杂八的东西都被整理成两个棕色

大纸盒，放置在脚边，而每个同事桌子上都放着一杯咖啡。

涂晨北坐在她的工位上，跟隔壁桌的平面设计小哥唠闲嗑。

对桌孙姐拉住她，小声说道："我家那个成天绷着个脸当甩手掌柜，让他帮我搬点啥就戴上耳机装没听见。你对象刚刚一声不吭在那儿整东西，看模样像是花花肠子，人倒是实在。"

许烁怕孙姐止不住话匣子，望着那边求救。恰好此时涂晨北抬头，许烁悄然给他使了个眼色，这头立刻会意，一手拿着车钥匙，一手掂起两个纸盒，说："勺子，一会儿有个会，咱先走？"

同事们忙说："好好好，你们先走。"

按开工区玻璃门，只听得里面年轻小姑娘们哇声一片——

"烁姐男朋友好帅！"

"你们不知道，她对象和她平时就跟朋友似的！"

"看穿着，还真是有钱老公啊！"

……

出了大楼，阳光正好。许烁一把牵住涂晨北的手，终于松了一口气："涂涂，还好你在，不然我不敢想今天离职多煎熬。"

"这个班儿，终于把我阳光开朗的勺子给吐出来了，"涂晨北长长感慨一番后，语气凝重，"所以——中午吃啥？"

就特好玩。他这人吧，你十年前认识他啥样，现在就啥样；他的礼貌是出于教养，但关心永远是爱屋及乌。

（2）

年后，许烁给爸妈坦白了辞职这事儿。比较忧心忡忡的是老许，其实是想怪罪一下涂晨北为什么不拦着点，而后转念一想，离职肯定是因为许烁在公司受了委屈，那不如不问，更何况他瞧着准女婿那张脸，也来不了火气，只问了问："你俩打算啥时候结婚？"

话是朝着许烁问的。一直没扯证的原因是许烁小时候算命，说她事业运强，但不适合早婚，至少二十五岁之后再考虑。

许烁说："快了快了，你别急。"

谢子贯没少怂恿涂晨北去做婚前财产公证，旁征博引某某富豪的事迹。涂晨北的通常做法是把游戏机一撂，坚决不肯。结果有天聚会的时候，许烁竟然也劝他："我是怕万一哪天要跟你离，还能图一下你的钱再忍忍，这样咱俩就不会分开。"

涂晨北不傻，知道许烁话是这么说，心底不想占他的好。

他跟许烁养了狗，是只小柯基，平时会在大阳台活动。涂晨北赌气坐在阳台，又气又笑，别的男人沉默抽烟，他沉默地跟狗对视。

结果许烁跟冯语有说有笑，硬生生把他晾在外面。

柯基围在他脚边转来转去，看得涂晨北心理不平衡，都在一个家里，凭什么它活蹦乱跳的。看着它热切清澈的小眼神，涂晨北秉持小狗不应该插手成年人这点事儿的原则，把它驱逐进屋。

涂晨北这次难得硬气，摆明了跟许烁结婚就绝不分你我他的，导致最后也没商量出个结果，就不了了之。

……

好消息是许烁个人账号每天都在产出，一线做过栏目的人，面对数据和评价已经有了波澜不惊的心态，反而来得顺利，两个月已经把号子养成了一个粉丝口中的"宝藏博主"。

这天的分享里，她说她读到一本叫作《北疆2018》的书，决定拍一期"去北疆长住的都是哪些人"的选题。

冯语说："你俩一看就像那种能自驾旅游的情侣，让涂晨北开车，一块儿去北疆。"

许烁反问："你怎么不跟我去？"

冯语痛苦地闭上双眼，说："我真恨你们这些不用上班的人啊！"

高效如涂晨北，从下午到晚上就已经做出来了一套路线和攻略。许烁手枕在枕头上，随即感慨，又是裸辞又是自驾，找个有钱有闲的男人真好，羡慕自己有那么酣畅淋漓的一段日子，能让他们肆无忌惮地规划明天。

这天晚上，完事儿了躺在床上，许烁伏在涂晨北的肩头，忽然发问："涂涂，你说，咱俩就是彼此的初恋，会不会腻？"

"五年不都这么过来了？"

"那不一样啊。万一是'都这么久了，就凑合过下去吧'的那种心态，多难受。"

"你是这种心态吗？"

"难说，所以在思考。"

"那你思考完再告诉我吧。"涂晨北的手埋在她发间，说不上来的温暖，"我这个人呢，又懒又轴，基本上被我认定的人和事儿就没有改变的余地，如果，我说如果，咱俩没成，那我可能这辈子也不会跟别人成了。一辈子的事儿照理说不准，但跟你有关的话，我还是挺确定的。"

"知道了，睡觉！"

小情侣从北疆回来就扯了证。

"就这？就这？"冯语惊叹于两人闷声干大事的速度，紧接着预订了要当婚礼的伴娘。

许烁说再拖下去她有种愧疚心，她没有理由不跟涂晨北在一起呀。

冯语重复了两声"真好"，说："你俩啊，就是相互拿捏，绝配。"

（3）

在夏天那会儿，许烁的姥爷去世了，差一点就能参加她跟涂晨北的婚礼，也差一点就八十大寿。

许烁这辈子没经历过太动荡的时期，这算一件。在电话里听闻姥爷重病，她二话不说赶回牧里见这最后几面，除了形如枯槁的四肢，她什么都没握住。生死离别的那时候，许烁没流一滴眼泪，她甚至在怀疑是不是自己太狠心。

大约两个月后，涂晨北回家，电视上在放映一部叫《问心》的医疗剧，他在玄关鞋脱了一半，见许烁抱着枕头坐在地上，哭得泪

眼蒙眬，忙冲过去抱住她。

他第一次感觉语言的力量太过有限。

许烁紧紧贴住涂晨北，含混不清地说："我想姥爷了。"

她想不明白，看一个电视剧有什么好哭的。但生离死别这件事儿就像一根刺扎在她心里，并为此担惊受怕。之前她怕爸妈絮叨，总不乐意回家，这次之后，涂晨北每周都会开车送她回家见见爸妈，规律如他以往的生活。

单身时期的小涂生活习惯优良，晚上只掀开一个角钻被窝睡，床面保持平整，爱喝开水，每天铺床。后来许烁入侵领地，抢被子蹬枕头，他崩溃了。

但其他时候，许烁会留给他相当多的个人时间，让他出去打打篮球、跟朋友约约饭啥的，尽管实际上涂晨北没有那么需要个人空间。他谈恋爱前一直以为，油盐酱醋是很可怕的事，看到很多人的人生禁锢在几块几毛和无休止的争吵中，甭管平时多有素质的人，都被逼得拎着菜刀出来嚷嚷。

但也说了，是他跟许烁恋爱之前。

这天他们走在街上，大屏上模特捏着红管唇釉，广告片光感细润，她的肤质夺目闪耀。

旁白那一栏是竖排小字——

品牌代言人：杨羽雯

许烁扯扯他袖子，问："你妈公司资源这么好？"

"是她自己够努力。"涂晨北道。

许烁横过手机抓拍一张，发送四个字：大模特耶。

对面很快回复：所以什么时候跟大模特约饭？叫上朋友们一起。

涂晨北翻个白眼："她在娱乐圈没交到朋友的吗？"

许烁怼道："这时候能看出来我的人格魅力了吧！"

"呵，也不知道是谁牵的线搭的桥。"

两人就这么斗着嘴行走在步行街，晃眼踩过了好多熟悉的日子。成年后的世界或许不全遂人愿，但更多的是守恒——

倔强傲气的人活该往上走，而安分乐道的人，拥有生活。

—完—

两个人的
友谊太拥挤